KATRIN RICHTER

AF145422

»VERLIEBT IN EINEN SEE«

EIN TAGEBUCH

Vorbemerkung der Autorin

Lieber Leser, geschätzte Leserin,
auch, wenn dieses Tagebuch meine Gedanken und Gefühle während der beschriebenen Tage widerspiegelt, so habe ich doch die eine oder andere Veränderung vorgenommen, die dazu dienen soll, andere Menschen oder Umstände zu schützen.

Gehen Sie also bitte getrost davon aus, dass ich Personen und ihre Namen erfunden oder geändert habe und sowieso nie ganz unterscheiden kann, was ich tatsächlich erlebt habe und was nur in meiner Phantasie stattfindet. Ähnlichkeiten mit existierenden Leuten (oder auch mit bereits verstorbenen) sind also rein zufällig und von mir in keiner Weise beabsichtigt.

Irgend jemanden bloßzustellen, ist und war niemals der Grund, warum ich Bücher schreibe.

Katrin Richter, im Frühjahr 2014 in Berlin

Die Autorin

Katrin Richter hat – auch unter ihren Namen *Katrin Panier, Katrin Panier-Richter und Clara Felder* – bisher insgesamt sechzehn lieferbare Bücher veröffentlicht. Als leidenschaftliche Tagebuchschreiberin und Spaziergängerin lebt sie mit ihrer Familie in Berlin.

Katrin Richter

Verliebt in einen See

Ein Tagebuch

Bibliografische Information der Deutschen Nationalbibliothek:
Die Deutsche Nationalbibliothek verzeichnet diese Publikation in der
Deutschen Nationalbibliografie; detaillierte bibliografische Daten sind im
Internet über <http://dnb.d-nb.de> abrufbar.

Impressum

(C) Katrin Richter
1. Auflage, 2014
Titelbild: eigene Grafik
Umschlag, Satz und Layout: Richter, Berlin
Herstellung und Verlag: Books on Demand GmbH, Norderstedt
Printed in Germany

ISBN 978-3-7322-9298-1

„Hätte ich dich finden müssen,

ich hätte nicht gewusst, wo ich suchen soll.“

Kat Al´di Nepari

Danke, Simone...
Für Dich und Volkmar.

Der Zauber mancher Reisen läßt sich nicht allein durch Landschaften erklären, durch fremde Menschen und Gebräuche, die einem dann nahe werden. Der Zauber vieler Reisen entsteht dadurch, mit wem man unterwegs war. Dieser eine, einzige Gefährte wandelt jede Gegend zu einer besonderen. Und ich bin bis heute nicht müde geworden, mit ihm neue zu entdecken.

Andererseits: Ich kann nicht lieben, ohne zu lieben. Und wenn man einmal damit angefangen hat, dehnt sich diese Liebe aus. Auf andere Leute, auf Umstände und eben auch – was ich bis dahin nicht gewusst hatte – auf Orte in der freien Natur. In meinem Fall auf einen See. Den herrlichen Tollensesee bei Neubrandenburg in Mecklenburg-Vorpommern.

Wollen Sie wissen, wie das anfing?

Ich schlage mein Tagebuch auf, suche – und finde.

Donnerstag, 4. Juli 2013 in Berlin

Morgens um 6.45 Uhr in Deutschland.

Auf nach Neubrandenburg!!

Von draußen durch das offene Fenster kommt ein herrlicher Blütenduft herein. Ich zünde trotzdem ein Räucherkerzchen an, für einen guten Tag mit Marina. Ich bin ja echt mal gespannt, wie das wird. Was habe ich mir nur dabei gedacht, mich mit einer Frau zu treffen, die ich vor dreißig Jahren zum letzten Mal gesehen habe? Freiwillige Intensität, kommt sogleich aus meinem eigenen Kopf die Antwort. Ich tue freiwillig Dinge, zu denen mich keiner zwingen muß. Und ich stehe freiwillig früh auf – jedenfalls heute – und werde sogar vor dem Wecker wach. Der hätte mich noch bis um sieben Uhr schlafen lassen, meine innere Uhr nicht.

Na klar lag ich lange grübelnd im Bett. Habe im Geiste die Alphabet-Übung, die Widderchen aus ihrem Freundeskreis in Belgien mitgebracht hat, zuerst mit Frauen, dann mit Männern meines Lebens, die irgendwie wichtig für mich waren, durchexerziert. Für jeden der sechsundzwanzig Buchstaben der deutschen Sprache ein Vorname. Ich bin auf viele gekommen! Manche Lettern waren doppelt oder sogar drei-, vierfach besetzt. Sogar für das „Y" habe ich mich an jemanden erinnert. Yvonne aus meiner Schulzeit. Yves aus dem Internat.

Marina musste sich ihr „M" noch mit drei anderen teilen.

Mir ist so heiß. Ständig hinterfrage ich meine Anzugsordnung. Aber was habe ich auf meiner letzten Reise gelernt? Der erste Gedanke ist der beste. Also Jeans und Halbschuhe. Keine Experimente. In Neubrandenburg ist es kühler als in Berlin, zwanzig bis dreiundzwanzig Grad bloß und Regen. Na ja.

Durch einen Mann vom Radio wurde ich gestern an das Bruce-Springsteen-Konzert am 19. Juli 1988 auf der Trabrennbahn Weißensee erinnert. Er suchte Zeitzeugen, die sich an dieses gewaltige Rock-Ereignis noch erinnern. Ich war erstaunt darüber, wie viel mir noch dazu einfiel. Vielleicht liefere ich einen Originalton, mal sehen.

Auf jeden Fall werden DDR-, Wende-, Endzeitgefühle in mir angestoßen und hochgeholt zur Zeit. Das kann kein Zufall sein. Das deutet auf mein nächstes Schreiben hin.

Nun aber los. Sonst verpasse ich noch meinen Zug.

Neubrandenburg fasziniert mich! Was für eine schöne Stadt mit der Stadtmauer, den vier Toren, den vielen in die Mauer eingelassenen Cafés und Läden voller Dinge, die man nicht an jeder Ecke sieht. Tücher! Tuniken! Schmuckstücke! Bunte Karten... Oh je.

Breite Gehwege. Keiner rennt.

Und dann der Tollensesee. Auf mich wirkte er wie der Lago Maggiore als wir oberhalb seiner Ufer auf einer Bank saßen, am Aussichtspunkt Belvedere mit seinem griechisch anmutenden weißen Säulenpavillon, wo edel gefeiert und auch geheiratet werden kann. Als wir am Badehaus ein spätes Mittagessen zu uns nahmen und von der Terrasse aus einen Einblick in die gesamte Länge dieses Sees bekamen, da wurde für mich die Täuschung übermächtig. Tatsächlich! Asconas Strandpromenade ließ grüßen.

Es war so leicht und sommerlich und innig.

Ich erkannte die Marina von früher in der Frau von heute wieder und maß mich insgeheim mit ihr. Wie waren wir? Wie sind wir nun geworden?

Ich glaube, jeder, der sich wieder meldet aus meiner Vergangenheit, bringt ein Stück von mir zurück, ob er das nun weiß oder nicht. Versuche bloß nicht, alles zu verstehen, raune ich mir zu. Und sowieso nicht gleich, sofort.

Jetzt will der Gefährte auch mal mit mir nach Neubrandenburg – wo ich doch so davon schwärme. Ich könnte mir das prima vorstellen, da gibt es doch bestimmt eine nette, bezahlbare Pension oder Ferienwohnung.

Irgendwie bin ich auf einem anderen Stern gelandet, alles um mich her fühlt sich so glücklich an! Selbst die Tatsache, dass wieder einmal ein „Nein" kam beruflicherseits, ändert daran nichts. Ich bin ja frei, brauche nirgendwo Fördermittel zu beantragen und kann schreiben, was ich will. Das gilt als kein Reichtum in diesen Tagen. Jedoch, es ist ein solcher. Vielleicht sogar der größte aller Reichtümer, die ein Erdling zu Lebzeiten erwerben kann. Freiheit. Zeit.

Dienstag, 1. Oktober 2013, *noch* in Berlin

Die Koffer sind gepackt, ich fühle mich ein wenig erschöpft und trotzdem voller Vorfreude. Wird sich der Zauber wiederholen? Wie werde ich den mecklenburgischen „Lago Maggiore" sehen beim zweiten Mal? Wie wird er mich empfangen?

Wir fahren also tatsächlich wieder hin. Er und ich. Nach Neubrandenburg. Nur wir zwei, Marina werden wir nicht sehen. Sie ist anderswohin unterwegs.

Leider hat sich mein Zyklus verkürzt. Schon zwei Wochen später stellt sich das ewig Weibliche erneut ein. Typisch! Wenn ich es nicht gebrauchen kann. Frausein, so wie ich es lebe, ohne Hormone, ohne Doping, ganz natürlich, das heißt eben vor allem: Praktizierte Machtlosigkeit. Ein Erkennen und Sich-Dreinfügen in größere Prozesse, denen ich mich unterordnen muss, und die ich nicht beeinflussen kann, willentlich...

Gibt es eigentlich noch mehr solche wie mich? Und wenn ja, wo sind sie? Sitzen sie alle in ihren Ateliers an Staffeleien – oder wühlen sie in der Erde ihrer Gärten? Haben sie genug mit ihren Aufgaben zu tun, ihren Berufungen? So wie ich?

Was bedeutet es, eine Frau zu sein? Darüber möchte ich auch schreiben.

Ich hoffe, dass die vielen Inspirationen sich zu einer Geschichte zusammenfügen, wenn die Zeit reif dafür ist. Ich wünsche es mir sehr! Irgendwie glaube ich, dass die Öffnung, der Tapetenwechsel mir gut tun werden. Außerdem brauchen wir beide Erholung. Wir sind ganz schön geschafft vom Glück des erwachsenen Sandwich-Generationen-Alltags. Auch das Schöne kann anstrengend sein. Familie in alle Richtungen. Zwei Berufe und all diese Lebensfülle, der wir uns stellen, und vor der wir nicht abhauen. Auch nicht durch Doping! Keine Pille, keine Pulle.

Wir fahren wie zur Kur, wir beide.

Mittwoch, 2. Oktober 1013 in Neubrandenburg

Erholungseffekt schon nach der ersten Nacht im Literatennest (das Wort stammt leider nicht von mir, sondern von unserem Vermieter), der Villa Marie am Augustabad. Und ein magischer Moment am Abend im Wald am herrlichen Tollensesee.

Was bin ich ohne meine festgefügten disziplinierten Rituale? Verunsichert. Total!

Schon das allmähliche Aufwachen neben ihm – eine Herausforderung! Was ist zuviel, was ist aufdringlich, was ist jedoch liebevoll und dient unserer zärtlichen Nähe? Wir wissen es nicht, wie ein ganz ungeübtes Paar in der ersten Nacht. Oder schlimmer: Wir wussten es einst und jetzt ist alles neu, bei aller Liebe. Das ist es ja gerade, dass man den anderen NOCH weniger verletzen will als damals, und doch muss man sich frisch finden! So geben wir unser Bestes, jeder für sich. Und glaubt bloß nicht, das Unperfektsein, Menschlichsein, es würde jemals enden.

Es ist jetzt ein bisschen wie in Marrakesch im Four Seasons zuletzt, in unserem Zimmerchen Nummer 124: Der Gefährte sitzt im Bett vor mir in diesem seltsamerweise ganz ähnlich geschnittenen Raum. Ich schreibe, er liest Zeitung. Ab und zu blickt er wohl auf und betrachtet mich. Ich tue so, als würde ich nichts bemerken. Bemerke ja auch meistens nichts, so vertieft bin ich in meine allmorgenwichtige Arbeit, das Tagebuchverfassen. Wir haben eine Veranda vor dem Kämmerchen O1. Das „O" steht für Obergeschoss in der Villa Marie, die zu DDR-Zeiten kaum jemand kannte. Wie diesen ganzen Stadtteil von Neubrandenburg kaum jemand kannte. Er war militärisch abgesperrt und diente geheimnisvollen Zwecken.

Gestern saßen wir auf dieser knorrigen Terrasse mit den dicken Holzbalken, die mich irgendwie an russische Blockhäuser erinnert, tranken Kaffee zur Ankunft in der Herbstsonne. Es war ganz warm, still, sonnig, und es begann etwas von mir abzufallen. Mein Alltag mit seinen Ritualen, seiner Disziplin. Siehe vorn.

Wie an Fäden gezogen – aber das kenne ich ja schon von uns an einem fremden Ort, dass wir wissen, wo es lang geht – wendeten wir uns etwas später zum See, DEM See, meinem Herzenssee, und an seinem flüsternden Ufer nach links, fort von der Stadt. Stampfende Rhythmen aus der anderen Richtung verrieten ein Oktoberfest, das mir hier bei den „Fischköppen" noch alberner vorkommt als in Berlin! Wozu müssen die Bayern ihre krachlederne Tradition auch überallhin verbreiten?! Dort wollten wir auf gar keinen Fall hin.

Also in die Natur! Und die verzaubert mich auf Anhieb wieder genau so wie am 4. Juli, im Hohen Sommer. Ich wollte nur laufen, laufen, laufen: An seiner Hand diese Wege am Wasser entlang, die Erde mit meinen Füßen streicheln und staunen über die bizarren Wurzeln und knorrig verrunzelten Baumriesen, die diese Pfade säumen und mich wie in ihrer Form erstarrte menschliche Wesen zu grüßen scheinen. Zugleich meldete sich mein Seismograph wieder, jenes Nervlein in meinem rechten Kiefer unten. Ich kann mir sein Aufbegehren nicht herleiten, ich finde keinen Grund. Und auch nicht dafür, wieso ich plötzlich schmerzfrei war nach einem guten Essen mit gläsernem Rundumblick auf SEINE Wellen, die Wellen des

Tollensesees, in Klein Nemerow im Seehotel Heidehof. Das ist ein sehr idyllischer Ort mit einer eigenen Haltestelle für das Tollensesee-Linienschiff, das aber um diese Jahreszeit nicht mehr verkehrt. Es drehte seine Runden nur bis zum 30. September. Für jenen Dampfer kamen wir also genau um einen Tag zu spät.

Wir teilten uns eine Fischsuppe, die sie uns auch wirklich auf zwei getrennten Tellerchen servierten. „Damit nachher das Streiten nicht anfängt!", sagte die ganz leicht Platt snackende Bedienung, eine zurückhaltend freundliche junge Frau, die ich mir auch gut hätte als Kranfahrerin in einem ostdeutschen Stahlwerk vorstellen können. Ich entschied mich für Bandnudeln mit Lachs und Rucola. Er bewunderte seinen Ostseedorsch auf Kartoffel-Kräuter-Püree an warmem Rote-Bete-Gemüse. Warme Rote Bete! Wir konnten uns beide nicht lassen vor Neugier und Freude und Esslust. Dazu tranken wir Tonic und Ginger Ale und am Ende zwei doppelte Espressi. Ein Muss.

In zwei Köpfen über zwei zufrieden satt gefüllten Bäuchen entstand fast zeitgleich die Idee, am Ende des Monats zu seinem Geburtstag noch einmal hierher zu kommen. Es gibt so viel zu entdecken, und er scheint sich hier so wohl zu fühlen wie ich. Fontane lässt grüßen! Ich befinde mich an einem Kraftplatz für Inspirationen!! Danke. Das *Danke* muss sein, dafür habe ich einen eigenen Stift in optimistischem Rosa.

Da uns nun partout kein Schiff mehr fahren wollte, traten wir zu Fuß – und ich befreit vom seismographischen Schmerz – den Rückweg an, mitten hinein in den Sonnenuntergang über dem Tollensesee. Und da erlebte ich ihn, den magischen Moment, als die Sonne lauter kleine Feuermale auf die Baumstämme setzte. Es sah aus, als sei ein Lichtkünstler am Werk, der unzählige rote Punktlichter – ich suche ein deutsches Wort für spotlights – auf Holz, Blätter, Zweige gerichtet hatte und sie nun alle auf einmal einschaltete: „Spot an!"

Es dauerte nur Sekunden, aber ich blieb stehen, um es atemlos zu bestaunen, dieses Schauspiel. Lauter kleine Glutherde um mich herum. Fast schienen sie zu wärmen wie unser Kamin. Und dann: AUS! Mit einem tonlosen Paukenschlag hatte der Herbstabend begonnen. Enger zog ich meinen Parka um mich, dichter verschloss ich ihn über der Brust. Wir wanderten in die hereinbrechende Nacht, während uns etwas Großes kühler beatmete, und ich fühlte mich sicher, spürte keine Angst. De Sniez war ja da – und meine Geister. (Ich werde vielleicht später erklären, warum ich ihn „De Sniez" nenne. Ich habe ihn schon mit allen möglichen Namen belegt in meinen Schriften, und jedes Mal war es irgend wem nicht recht. Das wird auch dieses Mal wieder geschehen, es lässt sich ja gar nicht vermeiden. Aber mein Herz sagt „De Sniez", mein Humor auch; und wenn ich es recht bedenke, werde ich überhaupt nichts erklären, sondern diesen Kosenamen, der mir von irgendwo her zuflog an einem unbestimmten Tag, zu nicht mehr nachweisbarer Stunde, einfach verwenden, wenn mir danach ist. De Sniez. Fertig und aus. Wie er mich auf seine Weise nennt, das werde ich auf gar keinen Fall verraten. Oder vielleicht doch. Wir werden sehen.)

Kurz vor der Gaststätte am Augustabad durchquerten wir eine wirklich stockdunkle Stelle im Hochwald. Solche Schwärze gibt es in Berlin überhaupt nicht, nirgends.

„Siehst du noch irgend etwas?", fragte De Sniez und nahm seine weitsichtige Brille ab.

„Nein", antwortete ich wahrheitsgemäß. Ich sah fast gar nichts mehr, obwohl sich meine Augen ein wenig an das Nachtsehen zu gewöhnen schienen. Da klangen mir selbst die Oktoberfestmelodeien wie ein akustischer Leuchtturm im Ohr. Ein Volkslied, das ich auch aus dem Thüringischen her kenne (und das mir jetzt gerade nicht einfallen will), wies uns den Weg und sagte uns, dass wir dem rettenden Quartier näher und näher kamen. Kein Anlass zur Sorge!

Der Rest war Ausruhen. De Sniez las mir aus einem Buch über den Tollensesee vor, das in unserem Zimmer liegt und die Wanderungen einer Frau vor neunzig Jahren beschreibt. Vor siebenundachtzig Jahren, um genau zu sein!

Ich habe keine andere Handschrift, aber ich muss schreiben, soviel ist klar. Immer wieder kritisiere ich mich selbst für diese Signatur, die sich so verändert hat. Von einem gestochen scharfen Kleinmädchen-Zeilenfluss, gleichmäßig und lesbar, hin zu... – na ja, es gibt keine Bezeichung dafür. Ich jedenfalls kann es lesen. Für andere liefere ich eine Art Übersetzung am Computer.

Es ist so still an diesem ganz normalen Mittwochvormittag, wie es in Berlin niemals ist. Ich freue mich auf diesen vor mir liegenden Tag, und ich bin froh, den Tapetenwechsel geschafft zu haben. In dieser Villa Marie wohnt unten der Vermieter, ein Rechtsanwalt; und oben, im Stockwerk über uns, da hat er seine Kanzlei. Also auch ein Berufstätiger mit einem *Home Office* wie einer meiner liebsten Freunde, ein globaler

Manager, und ich. Willkommen im Club. Wir alle arbeiten von Zuhause aus. Dieser Anwalt war es auch, der den Begriff „Literatennest" geprägt hat, in einer E-Mail an mich. Das Wort mag ich sehr; es könnte sein, dass auch ich es einmal verwende. Der Mann erfand es jedoch vor mir und zuerst. Das muss ich unbedingt dazu sagen, denn – hey! – er ist Anwalt, und ich will NICHT vor Gericht.

So schön! Hier ist tatsächlich mein Kraftort. Der Gefährte versteht, er empfindet das ganz ähnlich. Gestern hat er O3 – das Appartement nebenan – für Ende des Monats gebucht. Wir kommen wieder! Noch einmal für sechs Tage. Solche Freude.

Was fällt mir als erstes ein? Welche Bilder?

Der Blick des Schiffsjungen auf der „Mudder Schulten", der uns *zwei* Pötte Kaffee und *ein* letztes Stück Apfelkuchen servierte auf dem Oberdeck! Kuchen ist aus – aber Liebende teilen. Die Saison ist zu Ende. Schon reichlich frisch draußen, aber wer ein heißes Herz hat, sitzt trotzdem noch in der kalten Brise.

Die Kastaniensammlerin an der Außenseite der Stadtmauer, die uns ansah und dann spontan zwei ihrer glatten, braunen Früchte schenkte. Mit wissendem Blick.

Der Maler auf einer Bank, der sichtlich nicht gestört werden wollte und dann doch dem Sniez nicht widerstehen konnte, weil der ehrlich interessiert war. Der Fischer, beziehungsweise der Angler am See, mit reicher Beute, der ebenso auf meinen Freund reagierte. Als ob er ihn schon ewig kennen würde: „Schön in die Pfanne, mit guter Butter gebraten, den Barsch, dazu frische Brötchen..." Er freute sich sichtlich auf sein Abendbrot und nahm die Fische gleich an Ort und Stelle mit blutigen Fingern aus.

Der Fahrgast auf der „Mudder Schulten", der uns sein ganzes Leben erzählte... Er habe heute weinen müssen, sagte er, als er nach so vielen Jahren wieder hierher kam. Die Trümmer der Torpedo-Versuchsanstalt in der

Mitte des Tollensesees – heute ein gesprengtes Beton-teile-Gras-Konglomerat, auf dem die Möwen brüten – erinnerten ihn an seinen ehemaligen Arbeitsplatz.

Sie alle heißen uns hier willkommen und immer wieder willkommen, so dass De Sniez irgendwann entschlossen verkündete: „Ich will zu meinem Geburtstag wieder hierher kommen! Du sagst doch immer, solche Reisen müssen sich fügen."

Ja, auch auf mich wirkt das wie eine Fügung. Wenn man sich zu zweit und als Literatin so wohl fühlt an einem Ort, warum sollte man dann noch lange weiter suchen und sein Glück nicht einfach beim Schopfe packen?! Das Appartement O1 ist dann leider nicht frei. Vom 26. Oktober an bis zum 5. Dezember hat es jemand gemietet, und ich frage mich, ob das eventuell mein Kollege ist, der Regionalliteratur schreibt. Von ihm war schon die Rede im Zusammenhang mit dem schönen Begriff „Literatennest". Ab drei Schriftstellern würde unser Vermieter offiziell mit diesem Wort für sich werben. Bislang sind wir nur zwei, der regionale Schreiber und ich. Ich muss es beobachten. Vielleicht werde ich ihn ja kennenlernen, wenn wir Ende des Monats zurückkehren. Wir nehmen nun das gegenüberliegende, etwas geräumigere Appartement O3 mit Seeblick. Es kostet nur fünf Euro mehr als dieses kleine Zimmerchen, in dem wir jetzt wohnen. Außerhalb der Saison ist das ein Superpreis für zwei Leute, die dann sogar ihre Schnarchbetten auseinanderrücken könnten, wenn sie das beschlössen. Für den Moment halte ich es aber gut aus! Meine Einstellung zu seinem nächtlichen Lärm ist derzeit positiv: Ich stelle mir vor, er würde mir das yogische „OM" zuvibrieren. Im Zweifelsfalle schubse ich ihn kurz an und er dreht sich um auf die andere Seite. Aber wer bis neun Uhr schläft und erholt aufwacht so wie ich, der sollte sich nicht beschweren. Überhaupt soll man das Leben nicht be-*schweren*, sondern lieber er-*leichtern*. Ich erhole mich jedenfalls zusehends und alles fällt von mir ab: Der Druck, der Schmerz (im Zubeiß-Kiefer), die wirren Gedanken. Gott sei Dank!

Die Bestseller-Autorin Charlotte Link mag keine Lesungen, steht im Fernseh-Videotext. *„Ein Buch, das ich schreibe, ist für mich etwas sehr Intimes"*, soll sie der Nachrichtenagentur dpa gesagt haben. Der Akt des Vorlesens falle ihr sehr schwer, *„weil ich das Gefühl habe, dass ich in diesem Moment ganz viel von mir preisgebe."* Auf PR-Reisen im Ausland hat sie aber kein Problem damit, wenn andere aus ihren Büchern vorlesen. *„Sie verstehen mich nicht, ich verstehe sie nicht, und wir lächeln uns die ganze Zeit freundlich an."*

Solche Aussagen sammle ich. Sie bestärken mich darin, dass es kein „man muss aber" gibt; kein „das ist der Weg, um als Künstler Geld zu verdienen".

Es gibt viele verschiedene Wege. Und jeder, der das auch erkennt, sogar laut ausspricht, hilft mir ein Stückchen weiter. Zu lange, viel zu lange habe ich mich nach anderen gerichtet und nach dem, was sie für richtig hielten. Die Wechselzeit ist eine günstige Lebensphase, um endlich damit abzuschließen.

So gibt es Menschen, die wiegen ihre Häupter und schauen einen bedenklich an, weil sich herausstellt, dass man selbst dieses oder jenes Hohe Werk nicht kennt, es einfach nicht gelesen hat. Früher habe ich mich von so etwas einschüchtern lassen. Heute nicht mehr. Fröhlich verkünde ich hiermit ein für alle Mal, dass ich — wie es jeder Mensch sein sollte, auf seine Art — ein Urheber bin. Also jemand, der etwas aus seinem Urgrund hebt, es sichtbar macht. Dafür braucht man nicht erst einen Haufen Wissen in sich aufzutürmen. Dafür muss man nur man selber sein.

Also, wir hatten einen Stadtmauer-Rundgang, einmal innen, einmal außen. Herrlich — so zu schlendern durch den Goldenen Herbst!! Zum Frühstück gab es Selleriecremesuppe mit selbstgebackenem dunklen Brot und zum Nachtisch noch ofenwarmen Kirschkuchen im „Zollhaus" am Treptower Tor. Das Café kannte ich schon. Dort hatte ich auch mit Marina gesessen und über Frauenkram geklönt am 4. Juli, gemütlich in der Sonne.

Auf zwei der vier Stadttore finden sich steinerne Ladies, die so genannten Adolantinnen. Angeblich weiß kein Mensch, was diese Figuren symbolisieren sollen, wofür sie eigentlich stehen. „Du kannst dir ja eine Geschichte zu ihnen ausdenken", hatte Marina vorgeschlagen. Aber mir fällt keine ein.

Als ich mit dem Sniez darüber frei assoziierte — also neudeutsch *brainstormte* — da kamen uns verschiedene Ansätze in den Sinn.

Acht Frauengestalten zieren das Neue Tor, neun das Stargarder Tor (fehlt noch das Friedländer Tor — nur der Vollständigkeit halber). Für mich sind die Acht besorgte Mahnerinnen. Ärmlicher gekleidet als die Neun und mit geballten Fäusten stehen sie da, mit ernsten, fast ein wenig erschrockenen Gesichtern. Als warnten sie vor drohendem Unheil. Die Neun halten ihre Finger offener, tragen prächtigere Gewänder, zeigen lieblichere Mienen. Die Einen mahnen (zur Vernunft? zur Mitmenschlichkeit? zum Frieden?), die Anderen segnen, beschwichtigen, ermutigen – für mich.

De Sniez sieht in ihnen einfach Bäuerinnen, die Garben von Getreide in die Stadt gebracht haben. Die Halme gingen nur verloren, sie müssen vertrocknet und abgefallen sein mit der Zeit.

Schon merkwürdig, dass niemand etwas wissen soll über die wahre Herkunft und Bedeutung dieser Jungfrauen, wie Marina mir berichtete. Wer sagt überhaupt, dass es sich um Jungfrauen handelt? Das ist ja nun wirklich nicht mehr festzustellen...

Später fand ich mich mutig, so allein in seinen Armen auf dem Oberdeck der „Mudder Schulten" über den See zu schippern. Alle anderen Fahrgäste hatten sich in die Kajüte verkrochen. Es war stürmisch und frisch, der neue Parka bestand seine erste echte Bewährungsprobe.

Was soll ich sagen? Musik, die ich sonst niemals hören würde, aber hier passten sie – Seemannslieder von „Santiano" aus dem Lautsprecher ganz wunderbar! *„Männer mit Bärten". „Frei wie der Wind".*

Kein Zweifel: Auf den meeresgleichen Wogen dieses Tollensesees fühlte ich mich bei diesen Klängen selbst ein wenig wie eine Matrosin – auch, wenn mein menopausen-typisches Damenbärtchen mit dem eines Piraten sicherlich nicht ganz mithalten kann.

Wie augenscheinlich ich mich doch auf dem Wasser entspanne. Dem segelnden Freund bräuchte ich das nicht zu erklären.

Wieder an Land, führte ich den Liebsten hinauf zum Belvedere – und danach zur aufgewärmten Bratwurst am Oktoberfest-Stand. So schnell, wie uns der Fleisch-Hunger da hingetrieben hatte, so rasch waren wir dort wieder fort.

Manche Menschen erobern und öffnen mein Herz in Bruchteilen von Sekunden. Dem Kerl an diesem Büdchen gelang das ganze Gegenteil davon. Eine urplötzliche Antipathie entstand angesichts von rötlichem Antlitz, dreistem Gebaren und unreflektiert sabbelndem Mund. Ganz schlechtes Karma! Wir empfanden es beide ganz ähnlich. Schnell fort!!

Ich werde immer unwilliger, solche Dinge zu ertragen.

Die Lebenszeit ist begrenzt. Alle Vorgänge, die ich nicht steuern kann, belegen es mir. Jeden Monat warte ich nun, ob der Zyklus noch einmal wiederkehrt oder ob er für immer verschwindet. Man weiß es nicht. Man weiß es einfach nicht. Das ist gelebte Machtlosigkeit. Jede Frau erkennt erst hinterher, ob es die Wechseljahre waren oder nicht. Das Leben wird vorwärts gelebt und rückwärts verstanden. Da haben wir es wieder. Eine alte Weisheit.

Und am Ende sage ich vielleicht sogar: „Ach, Mist! Hätte ich gewusst, dass es das letzte Mal war, dann hätte ich das Monatliche doch nicht bejammert, sondern im Gegenteil gefeiert, zelebriert!" Dann hätte ich mich nicht so gesorgt, sondern genau gewusst, dass diese quälenden Migräne-Attacken nur Geburtswehen waren in eine neue Zeit hinein. Dass mir so heiß und wild zumute war von der Reibungsenergie, die beim Durchgang durch den Geburtskanal einfach entstehen musste, damit sich eins vom anderen trennt: Das, was ich ab hier noch mitnehmen will von dem, was ich zurücklassen möchte, muss, um meiner eigenen Gesundheit willen. Dann hätte ich das alles einordnen, verstehen können.

Aber, wie gesagt: Wir wissen es nicht. Niemand von uns. Alles geschieht ein letztes Mal und ich habe nicht die geringste Ahnung davon, dass es das letzte Mal war. Der letzte Kuss, die letzte Regel, das letzte Glas. Tja. Und was mache ich nun daraus? Werde ich ab jetzt bewusster leben? Achtsamer sein? Jede einzelne Sekunde genießen? Ich bezweifle es. Vielleicht, dass es mir immer mal wieder einfällt. Das wäre schon ein Fortschritt.

Die Sonne scheint so schön zum Verandafenster herein – und gestern Abend haben wir sie genüsslich am „Lago Maggiore" (da war es wieder, dieses italienische feeling!) untergehen sehen. Ich dachte an den Freund, der Maler ist und ausschließlich Bilder von Sonnen-untergängen kreiert. Nichts anderes, kein weiteres Motiv. Der Mann, der Sonnenuntergänge malte. Ich halte das für einen prima Romantitel. Muss nur noch das passende Buch dazu schreiben. Diesem Künstler hätte das gefallen. Um achtzehn Uhr wurde die große Fontäne im Tollensesee ausgeschaltet. Menschen nahmen auf den Bänken am Ufer Platz, so wie wir, als erwarteten sie ein Schauspiel. Und so ist es ja im Grunde auch. Etwa eine halbe Stunde, nachdem das Plätschern und das Rauschen einer tiefen Stille gewichen ist, verschwindet die Sonne hinter den Bäumen und Hügeln am anderen Rand meines geliebten Wassers.

Die ganze Zeit über lag ich in seinen Armen auf einer Bank in der ersten Reihe. Wann haben wir so etwas zuletzt gemacht? Haben wir es uns überhaupt schon einmal zu zweit gegönnt, so genüsslich und voller atemruhiger Geduld? Am echten „Lago" in Ascona damals saß ich ja eigentlich immer allein. Ich hatte die Zeit, er durfte arbeiten.

Unsere Reisen hatten meist mit seinem Beruf zu tun. So wie jetzt – nur für uns – das hatten wir in der Tat zuletzt in Dubai, vor fast drei Jahren. Na ja. Vor zwei Jahren und acht Monaten, um genau zu sein. Als wir für eine Woche meinen einzigartig runden Geburtstag dort feierten. Verrückt.

Selbst die Reisen zu Familienmitgliedern zähle ich nicht mit, weil es etwas vollkommen anderes ist für mich, wenn wir ganz ohne Ablenkung nur zu zweit allein mit uns sind. Ja. De Sniez und icke.

Der Seeadler kreist hoch über dem Tollensesee.

Man erkennt diesen Vogel an seiner länglichen, beinahe viereckigen Silhouette, wenn man von weit unten nach ihm schaut, hat der Schiffsmann von der „Mudder Schulten" uns erklärt. Er spürt den kraftvollen, ozean-ähnlichen Charakter dieses Wassers, sonst wäre er gar nicht hier – so wie ich ja auch!

Der Seeadler und ich.

Mein Kraftort. Danke, dass ich hier sein kann.

Gedanken zum 3. Oktober, dem Tag der deutschen Einheit: Ohne „Wende" – ohne den Mauerfall – wären wir auch nicht hier. Dann wäre das hier, wo die Villa steht, immer noch Sperrgebiet; und wo wir immer spazieren gehen, stünden russische Panzer und Werkshallen für alles mögliche Kriegsgerät. Viele Neubrandenburger kannten diesen Teil ihrer Stadt gar nicht. Das ist mir kaum vorstellbar...

Übrigens: Wenigstens *ein* Widerstandsaspekt muss offenbar in jeder ostdeutschen Biografie vorkommen! Das fällt mir immer wieder auf.

Bei dem Mann auf der „Mudder Schulten" war es eine kleine Strafversetzung in die Braunkohle, weil er im Arbeitskollektiv etwas laut gesagt hatte, das er besser für sich behalten hätte. Und so klingt eigentlich fast jeder Lebenslauf. Ich bin da keine Ausnahme. Es hört sich einfach besser an, wenn einem Unrecht geschehen ist. Oder wenn man sich – direkt oder indirekt – zur Wehr gesetzt hat.

Aber ich stand auch dahinter, stehe es heute immer noch. Und zwar hinter Werten, die mir inzwischen fast buddhistisch vorkommen, ewig gültig, spirituell: Frieden. Verbundenheit mit allen Menschen, Solidarität mit den Völkern dieser Erde. Mitgefühl. Mögen alle glücklich sein und frei von Leiden, so wie ich selber auch. Möge jeder seinen Raum zum Wachsen haben, so wie ich auch. Om Shanti, Shanti, Shanti. Die Unterschiede sind gar nicht so gewaltig.

Es war ein unvollkommenes Land. Aber damit habe ich mich auch getröstet: Wir befinden uns in einer Zeit des Übergangs, da können wir noch nicht perfekt sein.

Na ja. Jemand, der in einem Gefängnis gesessen hat, wird das anders sehen. Ich war nicht eingesperrt, ich war so frei, wie ich es sein konnte zwischen diesen Mauern. Meine schlimmsten Gitter saßen innen.

Freitag, 4. Oktober 2013 in Neubrandenburg

Dreißig Kilometer gewandert – und in Wustrow Gastfreundschaft erfahren. Herrlicher Tollensesee!

De Sniez spielt an seinem Smartphone und bemüht sich um ein neutrales, unbeteiligtes Gesicht, während ich ihm gegenüber am Esstisch schreibe.

Wir haben einander ein wenig gestört heute Nacht: Schnarchen, uns abwechselnd herumwerfen, nicht einschlafen können. Und es ist noch nicht ganz raus, wie wir jetzt damit umgehen. Wir belauern einander und überbieten uns gegenseitig in gespielter Gelassenheit. Wer sich zuerst bewegt, hat verloren.

Manchmal kann ich den kleinen Jungen in ihm sehen, und ich spüre genau: *Den* hätte ich auch geliebt.

Was heißt hätte! Die Chance habe ich ja heute immer noch. Wenn wir einem Menschen nahe sind, dann können wir das Kind, den Jugendlichen, den Erwachsenen und sogar den Greis, die Greisin in ihm lieben. Das ist erst die eigentliche Liebe. Wir erkennen einander, wie es in der Bibel heißt.

Manchmal also öffnet sich ein Fenster in der Zeit für mich, und ich erkenne ihn, wie er damals war. Zartgliedrig. Eher klein und in sich gekehrt, so wie ich es auch gewesen bin als kleines Mädchen. Sensibel und wild zugleich. Der Gang zum Kaninchen- oder Hühnerstall am Morgen. Gras zupfen. Brötchen holen. Bilder malen. Immer am Rockzipfel der Oma hängend und doch sehr gern für sich allein. Ich muss unwillkürlich lächeln, wenn das Bild kommt. Warum stellt es sich nie ein, wenn ich es am dringendsten bräuchte?! Jetzt zum Beispiel... Ich versuche, es mir willentlich herbeizuzaubern, und es scheint mir doch nicht recht zu wirken. Oder jedenfalls nicht so rasch, wie es mir lieb wäre. Einfach weiterleben. In diesen Tag hinein, *mit* ihm. Nicht ausweichen.

Also das, was wir gestern absolviert haben, war auf jeden Fall meine Initiation, meine Mutprobe für eine neue Lebensphase.

Voller Urvertrauen waren wir schon bis zum Ende des Tollensesees gewandert, am Campingplatz Gatscheck vorbei. Dem einzigen hier, wie wir vom Skipper der „Mudder Schulten" wissen. Dann nahmen wir den Pfad immer am Ufer entlang nach Alt Rehse.

Ein wenig schockiert sind wir schon gewesen über den baufälligen Zustand des Aussteigerdorfes am Fähranleger. Es bröselt vor sich hin, wirkt reichlich provisorisch oder schon in Auflösung begriffen. Sollte *das* etwa jener viel gepriesene Lebenspark sein, in dem zwei unserer Nachbarn mit ihrer kleinen Tochter regelmäßig Urlaub machen, zu Retreats fahren, und wo eine Freundin sich bei einem spirituellen Seminar unsterblich in einen anderen Teilnehmer verliebt hat? Beim besten Willen – das kann ich mir nicht vorstellen. Es muss noch einen anderen Ort geben, der dafür besser geeignet ist. Hier würde ich frieren.

Also weiter den Naturlehrpfad entlang und nach Wustrow, wo der See zu Ende ist.

Auf der Pflasterstraße, die in den Ort hinein führt, kam mir eine lange verdrängte Erinnerung: Irgendwann – in meinem ersten Studienjahr – hat uns junge Frauen auf so einer Straße ein Bus abgesetzt; die letzten paar Kilometer in ein Camp gingen wir zu Fuß. Sechs Wochen *ZV*-Lager in Altentreptow, war das vielleicht sogar hier?

Zivilverteidigung. Ein militärisches Äquivalent zur Armee. Mit Sturmbahn, Nachtwanderungen, Schießübungen, *Ein-Strich-Kein-Strich*-Overalls.

Sie drillten uns, ob morgens auf dem Appellplatz oder abends beim Stubendurchgang. Ich bin dicker geworden in dieser Zeit. Frustessen wahrscheinlich. Der Drillich hat es um mich schlabbernd verdeckt, aber hinterher kam ich nicht mehr in meine Niethosen hinein. Abends am Lagerfeuer habe ich Gitarre gespielt und dazu gesungen. Kleine Fluchten. Flaschen kreisten, und ich gefiel allen. Eine Rolle eben. Meine Rolle. Nicht ich. Meine Rettung damals waren zwei christliche Mädchen, denen ich mich am meisten nahe gefühlt hatte. Gemeinsam verweigerten wir das Gewehr. Beim Marschieren sprachen wir über Gott und die Welt. Das half. Das relativierte vieles.

Wieso eigentlich immer wieder diese Menschen? Obwohl ich selbst keiner Kirche angehörte. Auch im Internat saß ich gern mit den Theologiestudenten zusammen, lieber als mit den politischen Weltverbesserern. Das alles kam hoch, während ich neben ihm über diesen Hügel stiefelte.

Und dann: Wustrow.

In Wustrow ist – nichts. Das große, leere NICHTS.

Lauben, Grundstücke, Wochenendhäuslein, ein idyllischer Ortskern mit verriegelter, verrammelter einstiger „HO-Verkaufsstelle" – aber sonst? Kein Café, kein Restaurant, keine einzige gastliche Stätte.

Wir waren nicht die ersten, die darüber verwundert dastanden, wie uns unsere Retter schließlich erzählten.

Ein Ehepaar, beide Rentner, die zufällig (?) ans Ufer kamen, wo wir uns ratlos umsahen, und uns ohne

Umschweife in ihr Hüttchen auf Kaffee und Kuchen einluden. De Sniez hatte gerade erfolglos versucht, jemanden zu bestechen, damit er uns ans andere Ufer übersetzt. Aber der Wustrower Bootsbesitzer lässt sich nicht kaufen. Als wir schon alle Hoffnung hatten fahren lassen, da fanden wir uns schließlich auf diesem Sofa wieder, bekamen einen herrlich starken Mokka und selbst gebackenen Obstkuchen serviert.

Die Gastgeberin hatte Brigitte Reimann noch persönlich gekannt, jene Schriftstellerin, die in Neubrandenburg zu Hause war. Wir sprachen über ihre Bücher und – passend zum Tag der deutschen Einheit – über die Naivität vieler Ostdeutscher, mit der sie sich gutgläubig während der ersten Jahre der Wiedervereinigung von ihren „Brüdern und Schwestern" hatten abzocken lassen. Schönen Dank auch! Wir sind naiv gewesen, und viele von euch haben das auszunutzen gewusst.

Ich erinnere mich noch an die ersten beiden Autos, Schrottkarren die wir gekauft hatten, die uns buchstäblich unterm Hintern wegrosteten. Und wir waren so euphorisch gewesen, endlich sofort einen Wagen erwerben zu können, anstatt zwanzig Jahre darauf warten zu müssen wie beim Trabant, dem legendären. Aber von dieser Naivität ist etwas Positives geblieben, und das haben wir gestern erfahren: Sniez fragte, ob er etwas Geld geben dürfe für diese großzügige Einladung in die immerhin eigene Intimsphäre des Ferienhauses und die Stärkung müder Wanderer. Da wehrten beide Eheleute entsetzt ab: Das sei doch Gastfreundschaft, die koste nichts! Nun werde ich ihnen zum Dank ein Marrakesch-Buch schicken, das nehmen sie gern an, haben sie gesagt. Literatur ist hier immer willkommen.

Es seien auch schon einmal drei Schweizer Radfahrer vorbeigekommen, hörten wir von den Gastfreundlichen, die konnten es auch nicht fassen, dass man in so malerischer Gegend – fast wie bei ihnen zu Hause (am Lago Maggiore, ich sag es doch) – nicht mal einen Kaffee bekommt. Da springt sie helfend auf ihre Weise ein, die Frau im Ruhestand: „Ich habe ja hier einen Herd, ich kann backen." Sie lachte, als sie hinzufügte, Westkaffee habe sie auch immer da. Eine würdige Art, den Tag der deutschen Einheit zu begehen.

Mit Blick auf den Sniez, der noch immer auf sein Smartphone schaut, fällt mir wieder ein: „Zwei Einzelgänger und ein Gebet" (das ist leider nicht von mir, könnte es aber sein! Das Zitat stammt von Wolf Wondratschek, mit freundlichem Gruß...). Das ist, wie Partnerschaft, die große Liebe gar, gelingen kann.

Die Gastfreundliche hat mich an mein Selbstbewusstsein als Frau erinnert.

Die frühere Lehrerin ist klug, offen, gebildet, interessiert, ist Mutter, kocht und bäckt und trug einen bunten, selbst gestrickten Pullover, der an diesem Tag gerade fertig geworden war. „Aufrecht bleiben!", schien sie mir auf einer tieferen Ebene zuzurufen. „Duck dich nicht! Du bist wertvoll, wir sind wertvoll – und kein Wunder, dass unsere Männer solchen wie uns aus der Hand fressen." Das hat sie alles nicht laut gesagt, ich möchte es noch einmal betonen. Ich habe es eher aufgenommen, wie ein Brummen aus dem Urgrund unserer Herzen. Ich danke für diese weibliche Mutspritze zum Kaffee, so subtil, dass niemand sonst sie mitbekommen hat. Nur ich. Und vielleicht sie. Schließlich hat sie ja auch Sohn und Tochter wie ich, ist auch sie von einer eigentlich tödlich verlaufenden Krankheit genesen, so wie ich. Sie könnte es wissen.

Dieses „Uns-zu-sich-Einladen", in ihr Zuhause hinein lassen – das tat wohl. Als wäre es selbstverständlich. Das ist es aber nicht. Nein, beileibe nicht...

Es war schon 17.30 Uhr, als wir den Hügel erklommen, der vor dem Ortseingangsschild von Alt Rehse zu erklimmen ist. Wir liefen durch das Dorf, in dem es viele neu aussehende Klinker-Bauernhäuser gibt, die ein betuchter Mensch frisch renoviert und pittoresk aufgebaut haben muss. Und hier – gegenüber vom ebenfalls nigelnagelneuen Dorfgemeinschaftshaus (ein Gruß an ein anderes seiner Art, in dem ich einer viel zu alkoholisierten Party viel zu lange beigewohnt habe am Anfang diesen Jahres) – fanden wir tatsächlich den Eingang zum Tollense-Lebenspark oder dem, was davon übrig ist.

Das Projekt sei pleite, sagen die Leute, und so sieht es auch aus! Eine schöne Idee (nichts für De Sniez und mich, zwei Einzelgänger und unser Gebet), eine große Menge versenkten Geldes – und übrig ist ein verfallendes Areal mit Häusern, deren Fensterläden im Herbstwind klappern. Extreme scheinen nicht zu funktionieren, wie gut sie auch gemeint sein mögen. Die menschliche Natur ist für Extreme nicht gemacht. Es geht wohl nur, vom nicht zu Unrecht *golden* genannten Mittelweg aus, Dinge allmählich zum Positiven zu verändern, mit Gesten und dem persönlichen Beispiel, so wie bei der einfachen Gastfreundschaft gestern. Oder *ambulant*, wie beim Yoga oder in der Selbsthilfe. Oder rede ich da doch nur von mir, die ich mir keine alternative gemeinschaftliche Wohnform vorstellen kann?

Die Nachbarn sind ja auch niemals ohne Wenn und Aber nach Alt Rehse gezogen, sie hatten immer ihre Wohnung und ihre Arbeit in Berlin.

Nach unserem Rundgang durch den ehemaligen Lebenspark – die Neugier ließ es nicht anders zu – begann schon die Twilight-Zone, das Dämmern am Himmel.

Ach, da fällt mir ein: Mit dem Wort HIMMEL, leuchtend in großen Lettern vor meinen Augen, bin ich heute Morgen auch aufgewacht. Himmel. Ein Hinweis darauf, dass es für mich nichts zu wünschen gibt?

Aber zurück zur Abenddämmerung. Es war hart, mir vorzustellen, nun noch zwei bis drei Stunden in die hereinbrechende Dunkelheit zu wandern, den ganzen Weg zurück, bis „nach Hause", bis nach Neubrandenburg, Ortsteil Augustabad. Keine S-Bahn, kein Bus, wo wir hätten notfalls aufspringen können. Trotzdem – ein Teil von mir wollte diese Herausforderung annehmen.

Und was soll ich sagen: Wir taten es! Wir liefen auf dem Radweg und als es Nacht wurde, sahen wir die Hand vor Augen nicht.

Es ist *eine* Sache, das im Märchenbuch zu lesen, aber eine völlig *andere* Sache, das selbst, leibhaftig zu erleben. Mir war, als sei ich blind und ertastete den Pfad unter mir nur mit den Füßen...

Ich musste mich überwinden dafür, und das paßt genau in diese Lebensphase für mich. Ich werfe eine Haut ab, ich lasse mich von Gott erneuern, und ich bin vollkommen bereit, das Meine auch dazu zu tun. Ich sage „Bitte!", und ich sage „Danke!". Immer und immer immer wieder. Nicht denken: „Wer raschelt da neben mir im Unterholz? Wer oder was?" Bloß nicht an früher gesehene Gruselfilme denken, *das* jetzt bloß nicht! *Blair Witch Project.* Um Himmels Willen! Ein wenig gewöhnten sich die Augen manchmal an die Finsternis, ich werde *nacht-sichtig* vorübergehend. Was ist das für ein Kreis aus Zweigen und Blättern dort rechts am Waldrand? Ein Hexentanzplatz? Eine Opferstätte? Für *uns* beide???...

Es gibt tausend verbotene Gedanken, während ein Mensch durch unbekanntes Schwarz marschiert. Mir hilft die Erinnerung an die Wanderungen zwischen Abendrot und Morgengrauen im ZV-Lager wenig.

Ich fürchte mich, und ich will es durchstehen. *Durchlaufen* besser gesagt. Wenn ich hier durchkomme, bin ich ein anderer Mensch. Nicht mehr die selbe Person wie davor. Das hilft. Das passt. So tue ich Schritt für Schritt für Schritt. Ich will nicht mehr „selber gehen". Ich ergreife seine Hand von selbst.

Wieder eine schauerliche Szene: Es ist nur noch die Hand, es hängt kein Sniez mehr dran. Die Geister haben ihn gefressen – für mich ganz unbemerkt – und ahnungslos laufe ich noch immer an dieser losen, einsamen Hand weiter, spreche in eine leere dunkle Nacht hinein, aus der die Geister leise kichern, bevor sie auch mir den Garaus machen werden...

Irgendwann wurde es heller vor mir. Die Lichter der Stadt malten bereits eine diffuse Spur auf unseren Weg. De Sniez war noch da, ordentlich an seiner Hand befestigt – so, wie es sich gehört. Seite an Seite gingen wir ins Licht, neuen Prüfungen entgegen.

Sie werden ja nicht enden, so lange wir auf Erden weilen. Das ist uns beiden schon klar.

Aber diese Selbstüberwindung, diesen Marsch, augen-
los durch den beinahe stillen Forst, den haben wir
gemeinsam getan.

Den kann uns nun keiner mehr nehmen.

Sonnabend, 5. Oktober 2013 in Neubrandenburg

Heute ist der erste trübe Morgen, seit wir hier sind; gestern saßen wir zum späten Mittagessen ja sogar noch draußen auf der Terrasse vom „Badehaus" mit dem herrlichsten Seeblick, den man sich nur vorstellen kann. Es gab für mich den *Seniorenteller*, der mich vollkommen satt und fröhlich gemacht hat, für drei Viertel des vollen Preises. Nackenfleisch in Backpflaumensoße – ohne Alkohol – mit Rotkohl und drei pittoresken kleinen Klößchen, anstatt vieren in der Normalportion. De Sniez aß Zander auf Gemüsebett mit Wildreis, so wie ich damals am 4. Juli mit Marina...

Oben auf dieser Seite habe ich mir gestern Abend Notizen gemacht, denn mein Kopf wollte plötzlich streiken und blockieren ob der vielen rasch aufeinander folgenden Erlebnisse hier, so wie nach ein paar Tagen in Marrakesch, als ich so viel Leben fast nicht mehr verarbeiten konnte. Für einen anderen wäre das vielleicht gar nicht viel. Aber bei mir ist es so, dass ich einfach alles in mich aufnehme, dass ich Bilder sehe, die ein anderer gar nicht bemerkt. Dadurch staut es sich so an, wenn ich es nicht auf irgend eine Weise wieder aus mir heraus lasse. Ich fürchte mich nicht, vergesslich zu werden. Es ist einfach zu vieles in mir mit der Zeit, und es kommt immer noch mehr hinzu. Wird Zeit, dass ich loszulassen lerne.

Natürlich, auch in meiner Familie gibt es Demenz. Und es gibt überhaupt ALLE Krankheiten und Malessen, die man sich nur vorstellen kann. Die Verwandtschaft ist groß genug. Ich muss deshalb nicht alle Defekte kriegen, besser gesagt: *Sie* müssen *mich* nicht kriegen.

Ich kann ja weiter versuchen, *anders* zu leben, gut für mich zu sorgen, so wie *ich* es eben verstehe; die Mächte dabei immer wieder um Führung und Unterweisung bitten. Mir alles von der Seele schreiben. Oder auch reden. Gelegenheit dazu habe ich mehr als genug durch die Freunde. Mal sehen, ob mein (unser) persönliches Gesundheitsprogramm funktioniert.

Gestern haben wir Arm in Arm um 21.30 Uhr mit den anderen in Berlin den Gelassenheitsspruch intoniert. So war ich auch mit meinem Freitagsmeeting verbunden und ich bin trocken ins Bett gegangen. Nun habe ich ein neues Heute. Es ist eine einfache Wahrheit: Wer heute das erste Glas stehen lässt, der wird es niemals mehr anrühren. Denn es ist immer HEUTE.

So sieht also ein Ruhetag bei uns aus: Zuerst so viel miteinander sprechen (über uns), dass es für den Sniez – ich zitiere – „anstrengend wie ein Marathon" war. Für mich war es auch kaum lösend, sondern mich immer tiefer hineinreitend. Hatte mich ein Dämon besetzt und in seiner Gewalt? Dann wanderten wir durch das Nemerower Holz zum Aussichtspunkt Behmshöhe und auf den Turm hinauf. Dort oben stockte mir fast der Atem, so luftig und stürmisch ist es da. Nur ein fragiles schmiedeeisernes Gitterchen, das in meiner Phantasie wackelte und brach. Aber der Blick auf den See! Man sieht ihn fast in voller prächtiger Ausdehnung, und das Schiff „Mudder Schulten" zog seine Bahn. Ich kann mich nicht satt sehen an dieser Schönheit. Ja, Militärs sehen etwas anderes, wenn sie das selbe sehen wie ich. Niemals wäre *ich* auf die Idee gekommen, hier Torpedos durch die Länge zu jagen!

Im Wald gibt es drei Schwierigkeitsgrade von Nordic-Walking-Routen: Blau (leicht), rot (mittel), schwarz (schwierig, wie beim Skilaufen).

Ich denke an den Kurzkrimi in Sebastian Fitzeks schöner Sammlung (die mit den überaus tröstlichen – weil teilweise genau so abenteuerlich wie meine eigene! – Handschriftenproben der Autoren) „Letzte Bergfahrt" von Jilliane Hoffman: Der letzte Skilift des Tages bringt die Heldin hinauf auf den Berg, von dem sie dann die schwarze Piste hinunter nehmen will. Mit ihr gondelt ein Herr im weißen Thermoanzug, vollkommen unauffällig bis auf seine aufgesprungenen Lippen, die er sich ununterbrochen leckt. Offenbar hat er seinen *Labello* vergessen. Dieses eine Detail schaffte eine so gruselige Atmosphäre, dass es mich schon zu Beginn der Zehn-Minuten-Geschichte schauderte. Toll geschrieben!

„Schreib doch einen Krimi!", hat mir meine halbe Schwester schon öfter raten wollen. Aber es gelingt mir nicht. Im Grunde kann ich niemanden umbringen.

„Du musst es doch nicht selber machen", sagt die Schwester. „Du kannst doch morden *lassen*!" Ja, ich weiß. Auch Jilliane Hoffman tut es schließlich nicht eigenhändig. Trotzdem. Wenn es nicht zur Berufung dazu gehört, dann kann man gar nichts machen.

Der Sniez liest in seinem Bett. Wir haben unsere Harmonie zurück, danke. Gestern gönnte er sich neue Sachen: Einen herrlichen, herbstorangebraunen Parka und dazu passende Schuhe (Boots!!). Wenn er mit diesen Stiefeln durch das Herbstlaub geht, dann ist er fußmäßig voll getarnt, denn sie sind in rostrot, grün und ebenholzfarben sehr geschmackvoll gehalten. Ich freue mich für ihn, als wäre der Einkauf für mich selbst bestimmt gewesen. Denn erstens ist er total großzügig zu mir (ich muss ihm also nichts neiden), und zweitens liebe ich ihn und will, dass es ihm gut geht, dass er vergnügt sein soll.

Er sieht klasse aus in den neuen Kleidungsstücken. „Da sehen Sie erst, wie gut Sie aussehen *könnten*", hatte die Verkäuferin ihn umgarnt. Sie erledigte einen 1-A-Job! Und nur gegen den weichen Schal, den sie ihm zur Komplettierung seines outfits um den Hals warf, konnte er – der Kunde – sich am Ende wehren. Da ihm ständig warm ist, wäre das eine sinnlose Investition gewesen – oder wieder nur eine für mich Nachnutzerin. Ehrlich gesagt, wer mein Sortiment kennt, der weiß, dass ich nicht wirklich NOCH einen Schal brauche. Bräuchte. Eigentlich.

Unsere nächsten Spaziergänge können jedenfalls kommen, egal, wie das Wetter wird. Wir sind beide ausgerüstet. Es ist ein Segen, sich gute Kleidung leisten zu können. Das kommt gleich auf meine Dankbarkeitsliste. Nichts davon möchte ich für selbstverständlich halten.

Wohnt Marina in den Neubauten der Oststadt? Stammt der Schwiegerbruder von da? Wenn ja, dann wäre das ein reichlich trister Herkunftsort. Man möge mir mein harsches Urteil bitte verzeihen.

Aber ein Fitnesscenter „Otto" (von der DDR-Schwimmerin Kristin Otto?) gibt es da oben – mit einer SAUNA drin! Vielleicht gehen wir da heute mal hin; haben gestern ja bereits den Weg erkundet. Zuerst zu Fuß (Das *ziiiiieht* sich!) und dann mit den beiden Buslinien neunzig und zwei. Die Leute hier sind sehr freundlich, wenn man freundlich zu ihnen ist. Wie überall auf der Welt.

Ich liebe das nordische „Snacken", das mich an meinen Schwiegerbruder erinnert.

Im Bus erzählte mir ein Mann, dass er keine besondere Nähe zu seinen Geschwistern und deren Ehegatten habe. Sie seien halt zusammen aufgewachsen – okay, das wiege schwer – aber sie hätten ja auch keine Wahl gehabt. Die Eltern haben es so für sie bestimmt. Zwei Schwestern, vier Brüder, von drei verschiedenen Vätern. Lange wussten sie das nicht. Nun wissen sie Bescheid – und reden nicht darüber! Das sei so krank, sagte der Mann, und er wisse nicht, ob sie sich je gemeinsam für einen anderen Weg entscheiden würden. Er allein – ja! Mit anderen Verwandten, mit seinen Freunden spreche er offen, die ganze Zeit über schon. Ob ich das nachfühlen könnte, fragte mich der Mann mit aufmerksamem Blick, wie das sei, wenn nicht ehrlich gesprochen wird zwischen Menschen, die einem doch eigentlich eng verbunden sind?

Ich bin es gewohnt, dass Leute nicht lange brauchen, um mir ihre Lebensgeschichte zu beichten oder große Teile davon. Darum wunderte ich mich nicht. Darum antwortete ich auch nicht. Aus Erfahrung weiß ich, dass meistens keine Antwort erwartet wird. Die Leute wollen nur reden. Sind froh, wenn jemand schweigend zuhört. Ohne zu bewerten, einfach zuhört. Und auf einmal, als wir schon fast den zentralen Umsteigepunkt Busbahnhof erreicht hatten, sagte der Mann etwas beinahe Aphoristisches: „In kranken Familien wird mit der Wahrheit gedealt wie mit einer illegalen Droge. Gleichzeitig ist kaum etwas so interessant wie die echten

Gefühle des Nächsten. Man belauscht einander heimlich, stöbert in Briefen und Tagebüchern, versucht, etwas *herauszubekommen*. Bloß nie offen und direkt ansprechen, Herz und Hirn! Das ist streng verboten. Bei Strafe und Liebesentzug."

Der Mann stand grußlos auf und ging. Er ließ mich verblüfft zurück.

Sonntag, 6. Oktober 2013 in Neubrandenburg

Abreisetag nach einem *Bed-In*. Sniez und ich lagen über zwölf Stunden im Bett! Das war offenbar nötig nach der vielen Bewegung an frischer Luft.

Wir haben doch noch einen anderen Weg in die Oststadt gefunden, nicht an endlosen mehrspurigen Straßen entlang, sondern durch Schrebergärten und das Nemerower Holz. Fast wie nebenbei fanden wir die großen Gedenkfriedhöfe der Stadt. Frauen aus einem Arbeitslager im Wald – unter schrecklichsten Bedingungen hatten sie da geschuftet, waren sie gestorben – während der Jahre des Nationalsozialismus. Die große Anlage mit Gedenkmonumenten – auch für die gefallenen Soldaten im 2. Weltkrieg – mutet an wie unser Ehrenmal im Treptower Park. Wir fanden es beide gut, dass das erhalten wird zur Mahnung. Hat mich nicht erst vor einer Woche im *Schloß Britz* diese junge Frau befragt zu meinem Informiertsein über den Faschismus?...

Eine Stunde zu Fuß brauchten wir in die Sauna von Otto (der nichts zu tun hat mit der Olympionikin Kristin, wie sich herausstellte), und dort ließen wir es uns so richtig wohl ergehen. Als die Leute merkten, wir knausern nicht, da durften wir so lange bleiben, wie wir wollten. Es war HIMMLISCH! Blockhaussauna, eine mit Licht, Melissendampfbad, Bockwurst, Getränke, Kaffee, alles da. Und Ruhe. Und Entspannung.

Mit dem Bus fuhren wir später zurück zur Villa Marie, und ab da passierte nicht mehr viel. Nach dem frühen Abendessen wurde ich unerklärlich bleiern müde; aus dem ursprünglich geplanten Nickerchen wurde eine ganze Nacht. Wir standen nicht mehr auf, hatten uns lieb, ruhten uns aus.

Wie oft lausche ich den Nachtgeräuschen bei offenem Fenster? In Berlin: Nie! Hier war es eine Offenbarung. Ein wenig wie unter freiem Himmel schlafen. Nun, am Morgen, sieht mein Liebster gewuschelt aus wie ein zerfiedertes Vögelchen. Aber es war NICHT der Wind, der ihn so aufgewullert hat! Nein, es war nicht der Wind...

In meinem Traum bin ich am Kaffee-Entzug verzweifelt: Ich wollte Samstagmorgens in ein Meeting gehen und sprang als Kaffeekoch ein. Es war dort aber unglaublich kompliziert, Wasser heiß zu machen; tausend andere „*Projekte*" nutzten ein und die selbe Küche. Außerdem führten steile Stufen einer schmalen Eisenleiter da hinauf, die ich mit zwei Wasserkochern im Arm zu bewältigen hatte. Also: Ich bekam keinen Kaffee, die anderen auch nicht durch mein Versagen im Dienst. Ich verpasste die Gruppe, und dann saß da auch noch eine weise Frau, die ich kenne, als Chair-Lady. Sie hatte sich aufgebrezelt – was im wahren Leben gar nicht ihre Art ist – und flirtete unverhohlen mit dem Sniezen. „Nein", dachte ich, „nicht auch noch SIE in meinem Meeting!" Wir brauchen keine Autoritäten, auch wenn unsere Dienste wohl offensichtlich als reguläre Jobs attraktiv geworden sind (ich dachte im Traum wie eine Arbeitsvermittlung in „meiner" AA-Gemeinschaft). Wirre Träume, aus denen ich immer wieder aufgewacht bin. Wahrscheinlich ist weniger Schlaf sogar erholsamer. Egal. Heute Nacht war es, wie es war.

Wenn Marina wüsste, dass wir in drei Wochen schon wieder hier sein werden!

So Gott will, erfährt sie es. Insch´Allah.

Jetzt wird gepackt. Eine Kiste mit Sachen wie Honig, Marmelade, Kerzen, Küchenkrepppapier und Handtüchern dürfen wir hier stehen lassen; die brauchen wir dann nicht mitzubringen und Ende Oktober nicht einzukaufen. Ich freue mich sehr, dass wir wiederkommen! Und dass wir dann ein anderes Appartement – O3 – ausprobieren. De Sniez wünscht sich beim nächsten Mal die Wanderungen Maliner Bachtal und Tollense-Niederung. Tja, wenn man jetzt einen schönen Parka hätte, der einen auch am Ende des Oktobers noch wärmt, haha...

Hier merke ich, wie es ist, wenn ich mich an einem Ort wirklich wohlfühle. An so vielen anderen Orten tue ich das nicht. Sie kommen mir „unheilig“ vor; dieser hier auf ganz natürliche Weise heilig.

PS: Der Liebste sagte gestern Abend im Bett bei geöffneten Fenstern noch sehr richtig: „Wir hätten auch im Himalaya sein können – so still und weit fort ist es hier." Ja. Das stimmt.

Montag, 7. Oktober 2013 – in Berlin, Hurra!!!

Und dieses Mal stimmt´s, ich habe mich nicht verschrieben.

Ich schlief in meinem eigenen Bettchen, aß an meinem eigenen Kaminchen und sitze jetzt an meinem eigenen Sekretärchen. Trinke den *first Kaffee* aus meiner eigenen üblichen Mallorca-Tasse und zünde ein dankbares Räucherkerzchen an.

Nach Hause kommen ist so schön, wenn man ein so schönes Zuhause hat wie ich, wie wir. Danke. Der Urlaub war toll und notwendig und sehr erholsam (keine Schmerzen mehr; danke, danke, danke!!!). Ich freue mich auch darauf, „Zuschlag" zu bekommen in knapp drei Wochen. Aber jetzt ist es erst einmal wundervoll, wieder hier zu sein. Wir haben einander beim Schlafen nicht gestört, lassen uns nun gegenseitig Raum und er formatiert, glaube ich, schon die beiden Fotos für unsere Retter in Wustrow, denen ich heute mein Marrakesch-Buch schicke, mit jenen Erinnerungsbildern vom Laubensofa. Ab morgen darf er dann wieder arbeiten gehen, das Geld verdienen für die nächste Auszeit am Tollensesee. Wir verzichten auf ein Auto und gönnen uns viel Genuss. Gutes Essen, gern auch mal in einem guten Restaurant. Schöne Dinge, wenn sie sich uns direkt auf unserem Weg darbieten. So ist es richtig. *„Wer nicht genießt, wird ungenießbar."*

Wir waren gestern noch mal am Badehaus, längs über diesen magischen See gucken und Tschüß sagen. Dann liefen wir zur Villa, unsere Sachen holen: Koffer, Kraxe, Essensbeutel, meine Berlin-Tasche mit dem Tagebuch darin und den großen blauen Familienschirm. Im „Augusta´s" aßen wir feinsten Tollense-

Barsch und ließen es uns gut gehen, bis um 13.45 Uhr ein Taxi kam, um uns zum Bahnhof zu bringen. Wie schon angedeutet: Ohne die Kosten für ein Auto kann man sich solche Lebensart leisten! Wir mögen es zum Glück beide so.

Mein Liebster sagte, diese Neu-Entdeckung Neubrandenburg ist für ihn „wie Himmelpfort" (wo wir einst geheiratet haben), „bloß mit Stadt".

Ich finde, es hat etwas ganz Eigenes.

„Der Tollensesee besitzt einen besonderen Zauber", sprach mir eine junge Frau aus Chemnitz aus der Seele, die wir im Zug kennenlernten, und mit der wir ins Gespräch kamen. Sie las und liebte Brigitte Reimann – die Tagebücher hatte sie auf ihrem Schoß; sonst verschlang sie von dieser Autorin auch alles – und das, wo *Brigitte*, wie sie sie traulich beim Vornamen nannte, doch schon vierzig Jahre tot ist. Da war sie selbst – Jahrgang 1979 – noch gar nicht geboren! Aber durch *Brigitte* lerne sie eben, dass das Leben in der DDR so gar nicht trist und langweilig gewesen ist. Im Gegensatz zu ihrem eigenen, wie sie sagte. Im Staatsdienst beschäftigt, hat sie genug Geld, um eben mal im Radisson einzuchecken, für achtzig Euro die Nacht. (Ein Schlafplatz für vierzig Euro wie der unsere ist für sie finanziell „nichts, absolut nichts!".) Spontan setzt sie sich also am Freitagnachmittag in den Zug, damit nicht jedes Wochenende gleich verläuft: Tanzen, essen, schlafen. Und außerdem muß sie doch etwas erleben, das sie erzählen kann, auf *Facebook posten*.

Vielleicht kauft sie sich auch ein Buch von mir; wir kamen drauf, dass auch ich Schriftstellerin bin – wie *Brigitte*. Wie man doch das Leben so ganz anders empfinden kann! Ich bin glücklich, dass mir niemals langweilig oder öde zumute ist; alles Geld der Welt könnte mir das nicht kaufen, dieses Erfülltsein von innen. Vielleicht steckt in mir etwas von *Brigittes* Seele (darum auch mein sofortiges Band, das ich zu diesem Ort Neubrandenburg und seinem See spürte?), und ich bekomme in diesem Leben eine neue Chance. Trocken werden und ganz anders DA sein; leiser, stiller, nicht in der Kneipe „Zur Lohmühle" beim Rotwein die Kundschaft unterhalten, wie unsere Wustrower Lebensretterin von der jungen, lebenslustigen Autorin Reimann zu berichten wusste.

So war ich auch, als ich noch trank. Aber darunter steckte eine ganz andere Frau, und die wird heute mehr und mehr geboren. Ich fühle mich viel mehr *bei mir*, so wie ich wirklich bin – und nicht, wie ich mich für die anderen inszeniere.

Die junge Frau im Zug sagte auch etwas zu Christiane F., das elendige, ewige Mädchen vom Bahnhof Zoo: „Sie hat jetzt ein neues Buch geschrieben und sieht gut aus. So schlimm kann das mit den Drogen nicht sein, wenn man DANACH noch dreißig Jahre lebt." Ob <u>das</u> die Botschaft ist, die Christiane F. vermitteln will?...

Eins jedenfalls weiß ich: Ohne Schreiben kann ich nicht leben. Und das verbindet mich mit Brigitte Reimann – ganz eindeutig.

„Ich bin ein Geheimtipp!", raunte ich dieser jungen Frau zum Abschied zu.

Sonnabend, 26. Oktober 2013 in Berlin

Auf nach Neubrandenburg – an den magischen Tollensesee!

Es regnet ganz leise, aber hier wie dort soll es mild bleiben bis in den November hinein. Hey, heute Abend sitze ich im Konzert in dieser schönen Kirche in der Vier-Tore-Stadt. Die Wohnung blitzt und blinkt; gemeinsam haben wir fast alles geputzt und eine Art Jahresreinigung durchgeführt. Geht doch! Klar, in dieser großen Wohnung wird man nicht wirklich fertig. Wie in einem Haus. Bist du an der einen Ecke durch, herrscht am Anfang schon wieder Bedarf. Die Fenster sind noch nicht poliert, und der Staub in unseren Zimmern erzählt (s)eine Geschichte... Na ja, geschenkt.

Aber das, WAS nun erledigt ist, das kann sich sehen lassen! Schütze und seine Freundin können getrost kommen vom 27. bis zum 29. Oktober: Sie werden in diesen Tagen hier übernachten. Ich übe Vertrauen. Sie werden das Gas schon AUS machen und die Kaffeemaschine auch. Ich muss nicht alles kontrollieren, immer und immer wieder. Eine gute Gelegenheit, vom Zwang loszulassen. Ich bin gerade sehr dankbar für unser schönes Zuhause, also sage ich es auch ins Universum: Danke!

Hab gestern Abend in der Gruppe in aller Ausführlichkeit über meine Wohnsituation geteilt; dass ich im Auge des Tornados lebe, mitten unter den Menschen – und doch für mich, bei mir. Hinten der grüne Hof mit Spielplatz und sechzehn kleinen Kindern. Vorn das Café mit Terrasse und ganzwöchigem Betrieb. Ich habe sogar das mit dem schönen jungen Mann zugegeben, der mich allein durch seine Präsenz über vielen Ärger hinweg tröstet – allein dadurch, dass er da ist und jetzt in unserer Nachbarschaft wohnt. In das Gewiehere der Freunde hinein sagte ich: „Mensch, Leute, ich bin doppelt so alt wie er!" Das ließen sie noch nicht gelten, also setzte ich nach: „Eine liebende Frau DARF auch die Schönheiten sehen, die jung und frisch von allen Seiten her nachwachsen. Ich bin ja nicht blind!" Da war die Gruppe still (und einverstanden?). Man spürt ja im Meeting genau, was die anderen denken und wie sie reagieren. Ich spüre es jedenfalls. Sie sind meine Freunde. Mit denen ich alles Wichtige bespreche, denen ich mich zeige, wie ich bin.

Die Geschichte von Dilara, damals siebzehn, aus Berlin-Kreuzberg (aus meinem Buch „Zu Hause ist, wo ich verliebt bin", der Text heißt „Kopftuch freiwillig") soll in ein Schulbuch! Gestern kam die Benachrichtigung von der „VG Wort" samt Entwurf und ich habe gleich alles geprüft – wie ich es auch tun sollte. Sie lassen einige Passagen weg, aber im Prinzip übernimmt der Verlag „Klett" (ich kannte bisher nur „Klett-Cotta") die gesamte Geschichte so, wie ich sie geschrieben habe vor NEUN Jahren, 2004!!! Um so erstaunlicher, dass ich beim lauten Vorlesen geweint hab. Sniez unterstützte mich und las *gegen* am Küchentisch, während ich Dilaras Porträt intonierte. Alle meine Bücher stecken so tief in meiner Seele, sie sind Teile von mir und rühren mich sofort wieder an, wenn ich sie aufschlage und darin lese. Das ist ein gutes Zeichen! Ich habe immer mein Bestes gegeben, zu jedem einzelnen Zeitpunkt meines Lebens.

Ein schönes Gefühl!

Das alles gestern hat mir jedenfalls meinen Mut zurückgegeben. Etwas wird im Hintergrund für mich ausgearbeitet, ich brauche nicht zu verzagen. Selbst wenn ich das hätte planen können und wollen; auf so eine Möglichkeit wäre ich gar nicht gekommen – und hätte sie auch gar nicht durchsetzen können mit meinem Ego. Der Plan kommt von woanders her und ich freue, freue, freue mich.

An die Regisseurin Caroline Link habe ich ein Marrakesch-Büchlein geschickt; einfach nur mit der Widmung „Danke für diesen schönen Film" („Exit Marrakech", den wir im Kino gesehen haben). Sie ist übrigens genau so schwer zu erreichen wie ich: Keine homepage im Internet, keine öffentlich zugänglichen Adressen oder gar Telefonnummern. Am Ende nahm ich die Anschrift ihrer Film-Produktionsfirma „Desert Flower" und bat um Weiterleitung. Das kommt ganz sicher an. Ohne Erwartungen. Klar!

Das tiefere Geheimnis von AA ist Liebe. Die kann man nicht simulieren. Jeder spürt sie aber, wenn sie da ist... Lass(t) mich ein Kanal für göttliche Liebe sein; ich bin vollkommen bereit dafür. Es ist eine Art *egoistische Weisheit*, wie der Dalai Lama gesagt haben soll. In dem Moment, in dem die Einsicht da ist, dass wir alle EINS sind, dass wir auf einer tieferen Ebene miteinander verbunden sind, in dem Moment weiß ich auch, dass ich das *für mich* tue, was ich anderen Gutes tue. Da existiert kein Widerspruch und keine Trennung.

Ich glaube, mein lieber Freund ist nun *really in love*. Das ist schön und schwer zugleich. Wenn einen die große Kraft Liebe am Wickel hat, dann bleibt kein Stein auf dem anderen, wie ich aus eigener Erfahrung weiß.

Beide sind sie verheiratet – so wie wir damals auch. Ich wünsche viel Glück – und Kraft, all das, was ab jetzt kommt, auch auszuhalten...

ca. 15:00Uhr, in der Villa Marie, Neubrandenburg again

Ein Tischchen zum Schreiben direkt am See. Mit Blick auf den selben, meinen Tollense-Geliebten. Was brauche ich mehr zum Glücklichsein?! Aber das ist noch nicht alles: Zwei niedliche Zimmer, die Küche extra, so dass mich der Gefährte morgens nicht stören muss, wenn er schon früher auf den Beinen sein sollte, was er ja meistens ist, und schon den Kaffee kochen möchte.

Was für ein Quantensprung, eine enorme Verbesserung! Dabei fühlte ich mich auch schon vor drei Wochen in O1 recht wohl. Aber O3 ist das wahre Literatennest! Und wir zahlen tatsächlich nur fünf Euro mehr pro Nacht als damals; 270 Euro für die ganze Woche. Wir könnten sogar mit unseren Enkeln – falls mal welche kommen sollten – hierher fahren und Urlaub machen. Es gibt ein Doppelstock- sowie ein weiteres Extrabett nebenan. Die ganze vordere Terrasse „gehört" uns. Es ist ein Stück Himmel auf Erden. Ganz klar.

Ich muss schon wieder DANKE! sagen.

Ich sitze mit meinem Tagebuch mitten in einem Erker voller Licht. Und beinahe hätte ich mir aus dem Buchladen noch eine kleine Lampe mitgebracht, zum Anklemmen an die Seiten des Buches oder die Tischkanten. Nicht nötig. Alles gar nicht nötig! Auch der Sniez ist ganz begeistert.

Es stimmt alles, was in meinen weisen Büchern über den wahren Weg zu Gott und damit zu echter Freude und Glück steht. Ja! Einfach LEBEN! Und lieben. Und sich trauen. Folge der Freude!

Ich kann auch dieses Mal kaum beschreiben, was dieser Ort, DER SEE, mit mir macht. Ich stehe auf dem Balkon – atme – eine Last fällt von mir ab.

Ich bin zu Hause. Warum nur?

Ich verstehe es nicht. Ich genieße es einfach.

Aber doch ist in mir die Frage: Was – um alles in der Welt – ist das nur, das mich hier so inspiriert und zur Ruhe kommen lässt? Ich bin noch niemals zuvor in Neubrandenburg gewesen, vor dem 4. Juli. Trotzdem habe ich es sofort gespürt, und es ist jetzt, beim dritten Mal, immer noch da, ganz ungebrochen, unvermindert und frisch.

Wieder stellt sich der positivste aller Gedanken ein: Sein Schnarchen in der Nacht ist mein OM. Auf diese vibrierende Idee bin ich auch HIER gekommen und nirgendwo anders auf der Welt... Die Blätter der verschiedenartigen Bäume am See klatschen Beifall dazu! Sie tragen gerade noch soviel Laub um diese Jahreszeit, dass der Applaus gelingt, dass sie mir aber trotzdem den Blick aufs Wasser gestatten. Sehr freundlich von euch, Herrschaften aus Holz! Ihr wisst, was mir behagt, wozu ich wiederkam. Danke!

Sniez kehrt gerade vom Großeinkauf zurück. Bald müssen wir losgehen, weil wir vor dem Konzert („Luft") noch eine Kleinigkeit essen wollen... Einen Salat oder so. Vielleicht auch erst hinterher. Um neunzehn Uhr fängt es an. Wie lange mag es dann wohl dauern – zwei Stunden? Drei? Auf jeden Fall kann ein Stullchen vorher, also jetzt gleich, nicht schaden...

Wenn die Neubrandenburger „KonzertNACHT" sagen, dann meinen sie das auch GENAU SO!

Von neunzehn bis null Uhr dreißig (mit zwei Pausen) ging die wundervolle Angelegenheit, jenes Konzert in der umgebauten Kirche zum Thema „Luft"! Und ich bereue nicht eine einzige Minute davon. Auch Sniez hat sich so gefreut! Es war ja offiziell mein Geburtstagsgeschenk von mir für ihn, und er hat ich-weiß-nicht-wieviele Male „Danke, Tatzi!" zu mir gesagt (annehmen, Katrin, ANNEHMEN). Er habe seit 1972 nicht so ein schönes Konzert erlebt, sagte er noch.

1972 war das „Rätetreffen der Jungen Pioniere" in Dresden, und damals hat er etwas Ähnliches mit der 9. Sinfonie von Beethoven erfahren; dass viele einführende Informationen und Assoziationen zu der Musik gegeben wurden. Gestern jedenfalls hatte sich der Dirigent und Konzertmeister unglaublich viele Gedanken gemacht und Texte, Interviews, Hintergrundgeschichten zum Thema „Luft" herausgesucht, zu Gehör gebracht. Er hatte sogar eine Indologin da – von der ich glaube, dass sie in meinem ersten Yoga-Jahr mal in unserer Yoga-Schule zu Gast war, um einen philosophischen Abend zu gestalten – und die hat alles erzählt, was ich über ATMAN, den Ton OM und die indische Geisteslehre inzwischen auch weiß. Und so lehrreich verlief der ganze Abend, mit – wie gesagt – zwei Pausen voller kleiner Leckereien. Es tat also nicht not, danach noch irgendwo einzukehren. Das wäre, nebenbei, auch gar nicht möglich gewesen: Als wir in dunkler Nacht die Konzertkirche verließen, hätte auch kein

Lokal mehr offen gehabt. Aber wir waren längst satt. Wir aßen Paté auf Rucola mit kleinen Brioches – und zum Nachtisch in der zweiten Pause Windbeutel, Mousse au Chocolat und Käse, mariniert mit Öbsterchen. Eine herzhafte Pause, eine süße Pause.

Es waren viele Ärzte im Publikum, der Moderation nach zu urteilen – und dem Anschein. Die Kleidung, der Habitus legten nahe, dass wir uns mitten unter der High Society von Neubrandenburg bewegten.

Sei´s drum. Eine Künstlerin ist überall „richtig". Und mein Liebster kümmert sich sowieso nicht um Statussymbole. Für ihn sind sie alle Menschen; ob nun seine Technikkollegen im FOUR SEASONS Sieben-Sterne-Hotel in Marrakesch, die Prominenten im Palast der Republik oder die Politiker im Bundestag. Das habe ich schon immer an ihm bewundert, dass er mit Autoritäten vollkommen natürlich umgeht. Er macht sich nie klein. Aber auch nicht größer, als er ist. Das hat er einfach nicht nötig.

Jedenfalls, das Essen war vom Allerfeinsten aus der Küche des RADISSON Hotels gegenüber (in dem die junge Frau aus dem Zug vom 6. Oktober übernachtet hatte). Der Millionste Besucher der Konzertkirche wurde begrüßt und beschenkt; uns begrüßte ganz herzlich die Saunafrau aus Ottos Fitnesscenter und Gesundheitspark. Sie war auch im Publikum, hatte uns wiedererkannt (Hey, wir fallen auf!!) und reichte uns strahlend die Hand.

Vielleicht sollten wir doch wieder zu ihr gehen anstatt in die andere Sauna im Jahn-Sportpark, die wir eigentlich mal testen wollten...

Heute Morgen (Zeitumstellung auf Winterzeit!! Es war 9.15 Uhr – also plötzlich erst 8.15 Uhr, weil der Mensch es so haben will...) wachte ich auf mit ein wenig Kopfschmerzen und dem Gedanken, dass ich nun länger als zwanzig Jahre Freiberuflerin bin, seit dem Frühjahr 1993. Und 34 Jahre im Beruf, wenn man das Studium mitrechnet. Ich glaube, ich habe das gedacht, weil ich mich ja ständig mit anderen vergleiche und meine Seele mir so vielleicht sagen wollte, dass ich mich nicht verstecken muss – weder vor der Hautevolee (?) im Saal noch vor Musikern auf der Bühne. Auch ich gebe viel durch meine Arbeit. Auch meins ist wertvoll. Ja doch! Ich stehe gleichwertig als Mensch unter Menschen – ein ebenbürtiges Mitglied der Gesellschaft.

Danke für die Einsicht.

Es regnet leicht, aber es ist nicht kalt. Gar nicht! Ich habe die Heizung wieder auf „AUS" gedreht und die Terrassentür einen Spalt weit geöffnet. Er sitzt im Bett und liest den Konzertführer von gestern Abend. Alle Gesichter der Musiker haben sich mir eingebrannt, die Philharmonie, das Tuba-Quartett, die Blockflötenspielerinnen im Team „New Generation". Ich hatte ja keine Ahnung, was für exotische, übermannshohe – auch bunte, oder platte, sogar viereckige Blockflöten es gibt! Manche klingen wie australischen Didgeridoos, andere geheimnisvoll wie ein dichter Urwald mit Elfen und Geistern und scheuen Tieren, die man nur ahnt, aber niemals wirklich zu Gesicht bekommt.

Die Tubisten (intubieren fiel mir dabei ein) verfügen über das doppelte Lungenvolumen wie ein normaler Mensch, um die sechs Liter!!! Ich dachte an Apnoe-Taucher und war fasziniert. Einen extrem tiefen Ton zu spielen erfordert so viel Kraft, dass man hyperventilieren würde als Ungeübter. Davon abgesehen, dass kaum jemand eine dreizehn Kilogramm(!) schwere Tuba so freihändig halten könnte wie dieser Bläser aus dem Quartett „Melton". Seit siebenundzwanzig Jahren schon spielen die vier Männer zusammmen; was für eine lange, lange Zeit!

Die frische Luft am See tut so gut wie an der Ostseeküste. Ohnehin fiel mir wieder der Meerescharakter des Tollensesees auf; besonders heute Nacht, als wir im Dunkeln zurück liefen zu unserem Quartier. Irgendwie gerate ich hier beim Wandern offenbar immer in die Nacht, obwohl ich das gar nicht will. Es scheint aber nicht gefährlich zu sein. Die Wellen schlugen leise an den Strand wie in Lohme auf Rügen. Ein Fuchs (gut genährt! Ganz anders als die dürren, räudigen Kameraden in Berlin) sah uns an und floh. Rehe standen Spalier – und die Welt war in Frieden, wie in der Wüste vielleicht.

Die Intention dieser Konzertnächte ist es, Mutter Erde auf musikalische Weise zu sagen, wie lieb wir sie haben. Es gab schon „Feuer", das „Wasser", gestern „Luft" – und am 8. März 2014 wird es als Abschluss des Zyklus die „Mutter Erde" geben. Ich sag das nur mal so; glaube ja nicht, dass wir dann auch wieder hier sein werden, so kurz vor Augsburg und unserem „großen" Kreta-Urlaub. Ich soll glücklich sein und genießen; ich soll das Leben feiern wie ein Fest. Das spüre ich deutlich. Wir haben schon lange nicht mehr das Wort „Künstlerstelldichein" verwendet; das gestern war auf jeden Fall eines! Danke.

„Das war ein gewaltiges Künstlerstelldichein!", sagt der Sniez gerade vom Bette her.

Ja, es war wuchtig, es war groß, und es war absolut *unforgettable*. Unvergesslich. Was für ein 53. Geburtstag, der ja streng genommen erst morgen ist, aber an seinem Fastentag hätten wir das so nicht gemacht. Das ist klar. (Er fastet jeden Montag seines Lebens, seit acht Jahren bereits. Es handelt sich um den guten Rat eines *Sufi*-Meisters, den er nun befolgt. Ich nicht.)

Wir wollen hier übrigens nie mehr ein anderes Zimmer!! O3 is it. Das ist es. Für uns. Ich habe ja gestern schon davon geschwärmt. Und meine – unsere – Begeisterung, sie hält an.

Am Wasser wird gejoggt. Mein Tempo ist das nicht. Meine Geschwindigkeit ist der Spaziergang. Ich darf mich glücklich schätzen mit einem Partner, der ebenfalls so gern zu Fuß geht. Nichts ist selbstverständlich.

In Marrakesch, in Dubai, auf Mallorca oder in Luxembourg – überall sitze ich da und schreibe konzentriert in mein Tagebuch. So ein erfülltes trockenes Leben ist aus all dem geworden, dass ich es manchmal gar nicht fassen kann. Ich danke von ganzem Herzen für so viel Fülle und wachsende Lebensfreude.

PS: Wir waren heute Nacht auf dem Rückweg vom Konzert wirklich im Einklang mit der Natur. Nicht im Zoo, und doch von lauter Tieren umgeben, die nicht alle vor uns davon liefen (jedenfalls nicht sofort), sondern die uns neugierig anschauten. Wer von uns war da eigentlich der Beobachter, der betrachtende Besucher – sie oder wir?...

Ich schnarche übrigens wie ein Berserker (Warum sagt man das? Wer hat überliefert, dass die Berserker schnarchten? Und wer waren sie überhaupt?). Wird behauptet, von meinem Bettnachbarn. Beim Ausatmen geschieht es, sagt er. Erstaunlich, dass ich mit so viel Eigenlärm zurechtkomme. Davor können mich ja die Ohropax nicht beschützen...

Montag, 28. Oktober 2013 in Neubrandenburg

Der Liebste hat Geburtstag und wird dreiundfünfzig. Heute ist es bedeckt und regnerisch. Gestern habe ich den See längs gesehen – von der anderen Seite aus!! Verrückt. Das Badehaus war winzig klein und winkte mir vom anderen Ende her zu.

Noch erstaunlicher als von da aus ist es, vom Nonnenhof her, direkt gegenüber der Stadt, einmal stracks übers Wasser zu gucken. Wie einer der Torpedos aus der alten, zerfallenen Torpedo-Versuchsanstalt rast der Blick ungehindert elf Kilometer bis rüber nach Neubrandenburg, wo nur ferne, winzige Spitzen von der Konzertkirche und den vier Toren künden. Es ist ein unglaublicher Eindruck. Ersterer Blick – vom Badehaus aus – wurde mir fast geschenkt. Zweiteren musste ich mir erarbeiten. Vielleicht erschien er mir ja gerade deshalb so besonders wundersatt und staunenswert.

Wir liefen also – von unserem Literatennest aus betrachtet – linksseits des Sees Richtung Klein Nemerow los, in trauter Gemeinschaft mit vielen Joggern, Radfahrern, wenigen Wanderern. Was der Sniez aus der Tageszeitung zu berichten wusste: Es war Frauen-Sporttag in Neubrandenburg, und das sah man auch! Sie trugen alle ganz tolle, neonfarbene outfits und Stirnbänder über ernsten Gesichtern (*wir sind schließlich nicht zum Spaß hier*) und hielten Nordic-Walking-Stöcke eisern fest beim Marschieren. Ich stelle mir vor, dass diese Dresse aus so feinem und ausgeklügeltem technischen Material gearbeitet worden sind, dass der beim Laufen anfallende Schweiß sogleich zu Schlankmachern verarbeitet wird im Körperinneren. Denn darum geht es doch den meisten meiner Geschlechtsgenossinnen, oder? Mir am Ende ebenfalls? Erleuchtung – ja doch, gerne. Gehmeditation, unbedingt. Aber die Bewegung darf auch zu einer ranken Figur führen. Ich habe nichts dagegen. Jedenfalls ist Neubrandenburg genauso sportbegeistert, wie ich es in Regensburg oder in Hamburg schon gesehen habe. Die Leute trimmen sich, ob an der Außenalster, der Donau oder am Tollensesee. Das Leben ist einfach zu schön. Keiner will vor der Zeit gehen. Ich auch nicht. Ich fange ja gerade erst an!

Wir frohlocken viel über des Gefährten neuen, super leichten Wanderrucksack, der seinen Rücken nicht mehr schwitzen lässt, weil er mittels einer Gestäbekonstruktion das eine vom anderen fern hält. Obwohl er so filigran scheint, dieser zu buckelnde Behälter, birgt er mühelos Thermoskanne mit Tee, Stullenpaket und Wechselsachen. Von kleinen Geheimnissen, die nur der Sniez, mein Extraklasse-Packer, kennt, ganz zu schweigen. Also doch! Ein Lob der modernen Fitness-Industrie, die solche Gewebe, solche Zutaten zum Rausgehen produziert und halbwegs erschwinglich anbietet.

Früher war ich stolz darauf, einen grauen segeltuchgrobleinenen Jägerrucksack mein eigen zu nennen. Das war cool zu einer ganz bestimmten Zeit. Ich trug das sperrig-formlose Ungetüm in die Schule und in meiner Freizeit mit mir herum – anstatt eines rosa Lacktäschchens oder eines „Shoppers" von Chanel. Abgesehen davon, dass wir an edle Marken damals nicht gekommen wären ohne Westkontakt. Auch den Jägerrucksack erhielt ich nur durch Beziehungen. Ich erinnere mich nicht daran, ob ich eine Gegenleistung dafür bringen musste, und wenn ja, welche. Ich war jedenfalls keine „Chick" und wollte keine sein. Ich fühlte mich eher wie ein Indianermädchen, eine Ronja Räubertochter oder wie der Chef einer Männerbande.

Hinter dem Hotel „Heidehof" in Klein Nemerow, das wir ja schon kennen, nahmen wir den liebevoll ausgeschilderten Naturlehrpfad nach Bornmühle, wo es ein großes, neues und sehr schickes Vier-Sterne-Wellness-Hotel, Resort und Spa gibt. Die Sauna dort muss wundervoll sein; wir sahen nur ein Blockhaus und die Ahnung eines blickdicht umzäunten Schwitze- und Badebereiches. Der Parkplatz stand voller Autos. So ausgebucht konnte ich mir das Haus beim besten Willen nicht vorstellen (oder sollte es doch so gewesen sein?). Ich sah keine Transparente, die auf einen Kongress oder ein Seminar hingedeutet hätten. Also stellte ich mir die vielen Leute alle in der heißen Entspannung vor. Sie werden sich alle von der Zeitumstellung in dieser Oase erholt haben, vermutete ich.

Wir wanderten weiter bis zum Nonnenhof. Ein Steg, an dem im Sommer die Tollensesee-Fähre anlegt, das Ende des Naturlehrpfades, ein Verbotsschild. Das ist alles. Ein niedergetretener Stacheldrahtzaun. Wir stiegen drüber und folgten dem deutlich sichtbaren Trampelpfad so lange in die verwunschene Moorlandschaft hinein, bis mein Instinkt fast laut hörbar sagte: „Stop! Bis hierhin und nicht weiter!" Dieser Instinkt hat mich schon oft gerettet, auch im Zwischenmenschlichen, mit den selben Worten.

An dieser Stelle meines geliebten Sees beginnt also das Moor, das dafür verantwortlich ist, dass See-Umrunder einen Umweg über den Nebensee, die Lieps, machen müssen. Wir probieren es, so Gott will, morgen einmal aus. Es ist ja das allerletzte Stück, das uns zum Vollkreis noch fehlt. Einmal liefen wir schon rechts herum, gestern links herum. Wir trainieren den Ernstfall.

Ich verstehe die Tollense-Naturschützer, die alles so belassen wollen, wie es ist. Unberührt. Ungestört durch Horden von Touristen, die bequem mit Bussen überallhin gefahren werden. So bleibt es eine wilde, mythische Moorlandschaft, in der nachts die Elfen tanzen können. Mehr als zwei Hotels wird es – Insch´Allah – nicht geben, nur den einen Campingplatz. Ansonsten unerschlossen, unausgebeutet für so etwas Unwichtiges wie Profit. Weniger ist mehr. Dadurch gibt es für Wanderer wie uns zwar keine Rundum-Sorglos-Versorgung mit Kiosken, Bühnen, Bus-Shuttles, also logistisch, kulinarisch, zerstreuerisch, unterhaltend; dafür aber urwüchsige Natur und eine Luft (LUFT, wie im Konzert), die man mit Messer und Gabel essen möchte. Ich kriege nicht genug davon! Beim Laufen fühle ich mich lebendig und vollkommen gesund. Das fällt mir immer wieder auf. Darum stadtstreichere ich ja auch so viel und immer wieder, jeden Tag zu Hause in Berlin.

Die ganze Zeit über war das Wetter mild, schön, fast sommerlich an manchen Stellen. Ich ging mit offenem Parka und trug einen meiner beiden Schals in der Hand. Ich brauchte ihn nicht zum Wärmen um den Hals. Aber ein Kuscheltuch tut schon gut. In jedem Falle.

Den Seinen gibt's der HERR im Schlaf. Beziehungsweise eben draußen beim Frohlocken in der freien, HERRlichen Natur. Genau in dem Moment – ja: in derselben Sekunde, ob man es nun glaubt oder nicht, – als wir auf unserem Rückweg im „Heidehof" einkehrten, da brach ein kleines Unwetter los, das sich anhörte, als rase ein Schnellzug draußen, direkt vor den Festern, vorüber. Klar, auch der Wind braust ungehindert längs über diesen See, so wie ihn die Unterwasserraketen aus der Torpedo-Versuchsanstalt früher durchquert haben müssen. Ein Regen ergoss sich über die Fensterscheiben, der mich fühlen ließ wie ein Fischlein in einem Aquarium, das von außen mit einem Schlauch abgespült wird.

Exakt so lange wie unser Essen dauerte der ganze Spuk. Dann war alles wieder vorbei, und die Luft so klar, so rein, dass ich das Besteck beiseite legen und sie gleich so, wie sie ist, aus einem tiefen Teller hätte schlürfen mögen. Oder trinken mit der Nase.

Der, für den keine Bezeichnung passt, egal, wie ich es auch drehe, wende und versuche (Gefährte trifft es nicht, Sniez ist doch zu blödelnd, so empfinde ich es nicht; Herzallerliebster läuft sich tot, Freund ist viel zu wenig); der Mensch an meiner Seite jedenfalls, mit dem ich alles teile, er aß übrigens wieder den Ostseedorsch mit der warmen roten Bete; ich den Zander auf Kürbisreis mit Bechamelsauce.

Schön satt und vollgefressen fassten wir den kühnen Plan, vielleicht doch noch entlang der B96 nach „Hause" zu laufen. Jedoch: Da gibt es keinen Radweg! Und im inzwischen hereinbrechenden Dunkel zwischen all den rasenden Autos, das war denn doch zu gefährlich. Also warteten wir auf einer Verkehrsinsel, bis eine jugendliche Taxi-Fahrerin uns von da erlöste und zur Villa Marie zurück brachte.

Es muss noch etwas erwähnt werden: Mit uns im Restaurant saßen noch zwei Gäste, ein Ehepaar aus

Bremen. Wir kamen ins Gespräch. Es stellte sich heraus, dass auch sie nach Neubrandenburg fahren würden im eigenen Auto, sobald sie ihre Mahlzeit beendet hätten. Kein Wort der Einladung an uns. Sie boten keinen Platz an, obwohl wir deutliche Hinweise gegeben hatten. „Wollen wir uns nicht ein Taxi teilen?", hatte mein – *Da ist es wieder! Wie um alles in der Welt soll ich ihn bezeichnen?* – Herz, mein Mann gefragt, bevor er noch erfuhr, dass sie selbst motorisiert waren, diese beiden. Nein, sie sprangen nicht darauf an. Sagten „Auf Wiedersehen" und trollten sich. Sie waren nicht wie wir. Schwamm drüber.

Wir können andere Menschen nicht ändern. Wir wissen nichts über deren KARMA. Und wir selbst besitzen ja in jedem Moment unseres Lebens die Freiheit, uns anders zu verhalten. Es ist nicht zu vermeiden, dass andere uns weh tun. Entscheidend ist die Haltung, mit der wir selber dem begegnen. Die können wir wählen. Ich finde, das ist eine gute Nachricht.

Dann kam endlich die Müdigkeit, nach zwei langen Abenden. Wir verzichteten auf den üblichen Fernseh-Krimi („Tatort"), lagen schon um einundzwanzig Uhr Winterzeit im Bett und ließen die Äuglein einfach zufallen. Es tut so gut, sich zu erholen, es endlich zuzulassen. Danke für alles das, was ich leben darf!

Ach ja, wir sprachen über Geld gestern, und was es jedem von uns bedeutet. Für ihn stellt es eine Verpflichtung dar, es möglichst klug auszugeben, sagte er. Sein freundliches Gehalt bedeute für ihn eine Art moralischen „Auftrag", es auf vernünftige Weise dem Kreislauf wieder zuzuführen. Sicherheit kommt für ihn nicht vom Kontostand (wie für mich), sondern vom Wissen um seinen Job und vom Selbstvertrauen, dass er in jedem Falle arbeiten kann – und will. Es ist spannend für mich, das zu hören. Der andere ist anders. Ich aber auch!

PS: An dieser einen, besonderen Stelle im Moor – am anderen Ende des Tollensesees – war ich vorsichtig und tollkühn zugleich: Die alte Moorhexe in mir erwachte und wollte *zu gerne* weitergehen, Schritt für Schritt für Taste-Trippelschritt. Sie wollte *wissen*, ob es wirklich so unmöglich ist, GANZ um den See herumzugehen, oder ob es nur eine raffiniert ausgestreute Mär ist, um die neugierigen Zivilisierten aus den geheimen Gegenden fernzuhalten. Vielleicht wissen es ja die Fischer oder die Naturschützer, ob es nicht doch Schleichwege gibt – vom Nonnehof bis rüber nach Wustrow. Warum aber sollten sie es uns Greenhörnern verraten?! Sie können ja nichts von den Hexenkräften in mir erahnen – und nichts von meinem Respekt für gerade dieses Stück Haut über Mutter Erdes Rücken. Ich müsste erst ihr Vertrauen gewinnen, und so lange bin ich leider nicht hier. Vielleicht ein anderes Mal.

Lieber „*Ich-weiß-nicht, wie-ich-dich-nennen-soll*" (und deinen wahren Namen schreibe ich hier aus Anonymitätsgründen nicht hin): Heute wirst du dreiundfünfzig Jahre alt. Was ist die Bilanz dieses deines bisherigen halben (!) Lebens? Es ist auf jeden Fall das fünfundzwanzigste Mal, dass ich mit dir deinen Geburtstag feiere. Und das ist gut.

„Mein eigenes Leben jetzt ist auf einem folgerichtigen Stand", sagt er, antwortend auf meine Frage. „Es bleibt dennoch genügend Raum für die bewusste Einsicht, dass auch heute Spuren gelegt werden dafür, dass sich die Richtigkeit des ersten Satzes auch in siebenundvierzig Jahren bestätigen wird. Alles geschieht folgerichtig. Wir ernten stets, was wir gesät haben."

Er will nur HUNDERT werden. Leider hat er in dieser Hinsicht einfach keinen Ehrgeiz. Aber ich weiß es ja auch nicht. Ich kann es nicht wissen. Also wieder und wieder: HEUTE. HEUTE ist mein bester und mein einziger Tag. Danke.

Sturm wie an der Ostsee!!!

Dienstag, 29. Oktober 2013 in Neubrandenburg

Morgens um sieben Uhr springen wir aus dem Bett wie zwei junge (?!) Rehlein. HEUTE ist es soweit. Wir wollen – wenn es irgendwie geht – den Tollensesee umwandern!! Insch´Allah. So Gott es auch will.

Zumindest sind wir schon mal gut am Start, was das Wetter angeht. Es regnet nicht, und der schlimme Orkan von gestern Abend scheint sich gelegt zu haben. Keine Güterzuggeräusche mehr von draußen.

(Kaffee holen! Sonst kein Denken möglich...)

Wir scheinen also ganz gutes Wanderklima erwarten zu dürfen, bevor es ab morgen dann kälter werden soll. Es war der Sturm „Christian", der den Umschwung mit sich bringt.

Gestern am „Fasten"-Geburtstag sollte eigentlich ein Ruhetag sein, aber dann sind wir doch mit der hohen Kraxe auf seinem Rücken zur Sauna OTTO hin- und zurück ge*laufen*. Es hat sich einfach so ergeben und es war schön. Ein zufriedener, stiller Tag zu zweit.

Beim ersten Mal in dieser Stadt habe ich nur nette Leute getroffen, die freundlich zu uns – und überhaupt – waren. Dieses Mal nehmen wir schon mehr und auch anderes wahr: Die empörte Volksseele zum Beispiel, die andere, vornehmlich Dienstleister, als „*KLEINE LOSER*" (loser heißt Verlierer, für die nichtenglischsprachige Lesergemeinde, die es gibt, wie ich ja weiß) bezeichnet, die an Saunatischen offen und lautstark auf Asylanten schimpft oder über Hartz IV-Empfänger herzieht. „*Was, so viel bekommen die vom Staat gezahlt?! Und ich gehe dafür acht Stunden arbeiten! Ein Skandal ist das!!!*" Prost! Sie stoßen mit Bier an auf die unsäglichen Verhältnisse in diesem Land.

Das an mir vorüber rauschen zu lassen und dabei ruhig zu bleiben, ist manchmal nicht einfach. Im Dampfbad hatte ich denn doch eine kurze Diskussion über Rücksichtnahme in öffentlichen Bädern, nachdem eine Frau schrecklich gemeckert hatte über den angeblich *muffigen* Geruch (anstatt – wie es ihr „zugestanden" hätte – Melisseduft). Ich ging dazwischen, bat um Ruhe. Aber sie konterte: Sie sei schließlich immer hier und sie habe bezahlt!!! Ja, dachte sie etwa, *ich* hätte den Saunabesuch für *lau* bekommen? Es führte zu nichts. Aber nein, ich kann trotzdem nicht immer meine Klappe halten. Ich bin auch ein Kind Gottes, ich habe das selbe Recht hier zu sein wie jeder andere auch. Ich krieche nicht und ducke mich nicht. Ich will mit allen in Frieden leben, und ich habe auch dort im Dampfbad sofort gute Wünsche „nachgeschickt" im Geiste. Aber ich zeige mich eben auch und sage deutlich: „Hallo! Ich bin auch noch da!!!" Dafür habe ich Jahre gebraucht. Jahrzehnte.

So. Nun aber auf an den See. Noch einmal stehe ich vielleicht nicht so früh auf...

PS: Ich schmökere gerade in dem Büchlein „*Wo ist denn meine Brille?*", ein Briefwechsel zwischen zwei Frauen über das Älterwerden. Anne Biegel und Heleen Swildens sind zwei niederländische Journalistinnen, die vierzig Jahre lang zusammen gearbeitet haben. Nach der Lektüre gestern Abend sagte ich zum Liebsten: „Ich bin so traurig! Dieses Buch ist kein bisschen spirituell – und ich brauche diese Dimension des Lebens doch so sehr zu meinem Troste!" Da sagte er: „Irrtum. Jedes Buch ist spirituell – wie überhaupt alles im

Leben." Das gefällt mir. Da hat er recht. Und wie ich so drüber nachdenke, schreiben diese beiden Autorinnen in ihrem Gedankenaustausch sinngemäß: Zuerst müssen wir uns selber akzeptieren; müssen uns annehmen, so wie wir sind. Dann erst tut es auch die Umwelt mit uns.

Wenn das nicht spirituell ist! Wie innen, so außen.

Ich finde bestimmt noch mehr solcher Stellen im Text. Bloß, weil sie nicht plakative Worte verwenden und vielleicht nicht direkt GOTT sagen, heißt das ja noch lange nicht, dass sie die von mir so geliebte Dimension des Lebens tatsächlich auch aussparen. – Also, aufmerksam lesen, achtsam bleiben, liebste Katrin.

Hallo, schöner und herrlicher Tollensesee, jetzt kommen wir aber WIRKLICH!!!

Jetzt zeigt sich sogar die Sonne! Es herrscht die Ruhe nach dem Sturm.

Mittwoch, 30. Oktober 2013 in Neubrandenburg

Wir haben es tatsächlich GETAN!! Einmal um den ganzen See mit Umweg um die Lieps *(oh je!)* in cirka acht reinen Lauf-Stunden. Insgesamt – mit Pausen – fast zehn Stunden und nahezu vierzig Kilometer. Wahnsinn!

Um 8:20Uhr sind wir losgegangen; um 17:45Uhr trafen wir am Augustabad wieder ein und feierten die Leistung mit einem schönen Abendessen. Dazwischen lagen echte Durststrecken, Regenpassagen (die wir in unseren Plastik-Capes vom open-air-Konzert in der Wuhlheide trocken überstanden), längere Asphalt-straßenabschnitte – bergauf, bergab – und dann wieder direkt am See, den ich ehrte mit meinen Fußsohlen. Ich glaube, er hat es gemerkt!

Der Wind blies nicht unangenehm, manchmal kam die Sonne durch. Ideales Wanderwetter in würziger Luft. In Wustrow am Hafen überraschte mich *mein mich Liebender* mit einem Lagerfeuer, in dem er eine Blechbüchse Hühnereintopf mit Reis heiß machte. So bekam ich unterwegs ein warmes Mittagessen. Eventuelle Enkel wären begeistert gewesen. Aber ich war es auch.

Danach läuft man schier endlos über Dörfer und durch stille Gegenden – nur von einem Kuhauftrieb auf einer Weide unterbrochen. Als wir die Stelle passierten, freuten sich die Tiere gerade wie verrückt über das üppige grüne Gras und hopsten in hohen Sprüngen wie Rehlein über die saftige Wiese. Die Bauern sahen uns neugierig an und winkten zurück, als wir ebenso grüß-ten. Wie oft kommt es wohl vor, dass zwei Fußgänger –

nicht Radfahrer – diese Strecke gehen, gar den ganzen See umrunden? Sicher nicht alltäglich.

Ich stand unter einer gewissen Spannung, die sich erst löste, als klar war: Ja, es ist zu schaffen. Dieses Mal rufen wir kein Taxi, wenn es vielleicht auch beruhigend war, diese Möglichkeit notfalls als Ausweg zu wissen.

Ein schöner Moment war für mich, als wir querfeldein auf Klein Nemerow zu liefen – und der Sniez sagte: „Jetzt habe ich den Ehrgeiz, den Weg auch bis zum Ende zu gehen..." – „Ich auch!", sagte ich. Und ich wusste im selben Augenblick: *Das ist ein Gleichnis für unser Leben.* Wir besitzen viel laissez faire (aus dem Französischen, sinngemäß „einfach laufen lassen") und streben fröhlich-genussvolle Gelassenheit an, ja! Aber bei all dieser Lässigkeit verbindet uns eben auch ein gerüttelt Maß an Ehrgeiz und an starkem Willen, das uns im Team oft hilft und antreibt. Wie sonst hätten wir zum Beispiel *beide* so lange beim Yoga durchgehalten? In unseren Berufen? (Miteinander...?) Doch! Auch dieser Teil gehört dazu – gestählt von unseren strengen Vätern – und gestern habe ich ihn deutlich gespürt, diesen beiderseitig ausgeprägten Charakterzug. Wir wollten es schaffen, und wir haben es geschafft. Wenn auch seine Knie schmerzten und irgendwann – trotz bequemer, lange eingelaufener Wanderschuhe – auch meine Fußsohlen.

Unsere Willen – ich wiederhole mich mit Absicht – sind sehr stark; darin sind wir einander absolut ebenbürtig.

Ebenbürtig, das Wort hat er am Abend verwendet. Ebenbürtig im Lauf, im Leben, in der Liebe. Ja. Das ist nicht immer einfach – auch gestern Abend hatten wir eine kleine Diskussion – aber ich mag es und kann es mir nicht anders vorstellen. Einander ebenbürtig sein. Auf Augenhöhe. An einem gemeinsamen *Kunstwerk Leben* basteln. Das ist es. Das ist Liebe. Unsere Art zu lieben. Zwei Individualisten.

Zwei Einzelgänger und ein Gebet.

Auf dem Wege solcher Gedanken kam mir dann wahrscheinlich auch die Idee des Hochzeitstestes (die der Sniez interessant findet): Welches Paar auch immer in dieser Stadt heiraten will, das muss zuerst diesen Weg zusammen gehen, diese knapp vierzig Kilometer einmal um den Tollensesee und um die Lieps. Wenn sie *DANACH* immer noch wollen, sind sie (gelten sie offiziell als) reif für den Stand der Ehe. Diese Wanderung als Sinnbild für den Lebenspfad zu zweit; das ist mir zu Hause vielleicht eine Erzählung wert, mal sehen.

Im „HEUTE"-Buch steht ein guter Text, übers „Leben und leben lassen": *„Denke ich daran, dass ich ein Recht auf meine eigene Meinung habe, aber dass andere sie nicht teilen müssen? Das ist der Sinn von „leben und leben lassen". Das Gelassenheitsgebet erinnert mich daran, mit Gottes Hilfe „Dinge hinzunehmen, die ich nicht ändern kann". Versuche ich immer noch, andere zu ändern? Wenn es heißt „Mut, Dinge zu ändern, die ich ändern kann", denke ich dann daran, dass meine Ansichten eben meine, und deine Meinungen die deinen sind? Habe ich immer noch Angst, ich selbst zu sein? Wenn es heißt „Weisheit, das eine vom anderen zu unterscheiden", denke ich dann daran, dass meine Ansichten aus meiner Erfahrung kommen? Wenn ich die Einstellung „ich weiß alles" habe, bin ich dann nicht bewusst streitsüchtig?"*

(aus: „Heute. Gedanken zum Tag" 1990 by Alcoholics Anonymous World Services)

Muss ich nachher dem Sniez mal zu Gehör bringen, wenn er vom Einkaufen zurück ist...

Schütze und seine Freundin werden zu Weihnachten in Berlin sein und auch eine Freudesfreundin mit ihrem Baby ist schon eingeladen. Gänzlich ohne unser Zutun. „Was haben wir falsch gemacht?", fragte der Gefährte mit gespielter Verzweiflung, als wir wanderten und dies gerade per Handy erfahren hatten. „Nichts." sagte ich. „Jedenfalls in dieser Hinsicht nicht. Schließlich haben wir ja selber jahrelang visualisiert, dass wir genau so leben wollen – niemanden unter Druck setzen wollen – so dass die Kinder auch später noch gern und freiwillig zu uns kommen." Da haben wir nun den Salat! Dies ist die folgerichtige Antwort des Lebens auf unsere Vorstellungen. Danke. Ich bin es zufrieden – wenn ich nur von dem Schenk-Zwang befreit sein darf. Bitte, lieber Gott, gib mir die Kraft, dabei zu bleiben, dass das Zusammensein und Miteinander-Essen (Kochen) das Geschenk ist! Keine Bescherung, erst wieder, wenn Enkelkinder da sein werden. Falls mal welche da sein werden. Einen Baum, wenn gewünscht, können ja die Thüringer mitbringen. Alles wird, alles ist gut.

Der Liebste ist wieder da. Gleich gibt es Frühstück. Wir scheinen übrigens die einzigen Gäste hier zu sein, ich bemerke niemanden sonst. Auch kein Autorenkollege in O1 ist zu vernehmen. Nur der Vermieter wohnt unten; ebenfalls unhörbar.

PS: Ich habe ein universell verwendbares Kleidungsstück, einen bunten indischen Schal voller gelb-blaugrün-violetter Ornamente. Gestern schützte er als

Kopftuch mein Haupthaar vor dem Nieselregen. Um den Hals getragen, wärmt er. Außerdem eignet er sich als weicher Kopfkissenbezug. Und in der Sauna kann ich ihn als Sari tragen. Er bedeckt mein gesamtes Körperchen vom Busen bis zum Knie hinunter. So ein Textil, das lob ich mir. Manchmal trug ich es auch einfach in der Hand, so wie ein Kind seinen Siffhasen trägt.

Toll!

Donnerstag, 31. Oktober 2013 in Neubrandenburg

Reformationstag. Feiertag hier in Mecklenburg-Vorpommern. Alles ist still, so still. Ein Morgen wie Samt und Seide. Diese Luft! Kurz hatte ich wieder die Heizung an; jetzt muss aber das Fenster auf!! Kein Laut außer dem Krächzen der Krähen. Die Sonne grüßt durch die Bäume und färbt deren Äste rotgolden. Kein Wind weht heute und es scheint kalt zu sein. Egal! Lieber frösteln als diesen Morgenhauch verpassen.

„Wollen wir hierher ziehen?", frage ich den Sniez, der wiederum in seinem Bette Zeitung liest. Er scheint es ernsthaft zu erwägen... Bevor er etwas Entscheidendes dazu sagen kann, wiegele ich ab: „Na ja, das ist ja nicht HEUTE dran!"

O3 und der See – DER SEE! – haben uns so gut getan, dass wir beide total erholt aussehen. Mein Gesicht ist gerötet vom Sturm und von der Sonne beim Wandern. Wir schliefen so friedlich und tief Seite an Seite, wie ich es nicht für möglich gehalten hätte. Immer wieder neue Erfahrungen zu zweit.

So lieb hat er sich gestern beim Frühstück auf mich eingestellt und so lange gewartet, bis ich erzählt habe, was mir auf dem Grunde meiner Seele lag: Die Angst, unsere Ehe könnte durch Unachtsamkeit ihren Zauber verlieren. Mein Gesicht soll DANACH ganz anders ausgesehen haben als DAVOR. Weicher, offener, auf natürliche Weise glücklicher. Immer wieder ein neuer Anlauf.

O3 ist ein wahres Literatennest. Hatte ich das schon erwähnt? Allein dieser Blick auf das Wasser, dieses Lauschen in die Stille... Ach, ich könnte ewig schwärmen.

Augustabad, Villa Marie, Tollensesee und Vier-Tore-Stadt – ihr habt mein Herz gewonnen, und niemals hätte ich geglaubt, mich so in einen Ort, eine Gegend verlieben zu können. Warum ist mir das nie mit Thüringen so gegangen? Man findet keine Antworten auf solche Fragen; das sagte auch mein kluger Schütze vorgestern am Telefon: „Du musst es nicht verstehen, nur genießen, Mama." Er ist ein Weiser, ganz tief drinnen. Ich habe es schon immer gewusst, seit er durch mich auf die Welt kam.

Im Freundesmeeting in der Oststadt („Der Steg" heißt das Haus, dieses Projekt, in dem sie unterkamen und ihren schönen Raum haben...) traf ich unbekannte Leute, die mir – wie üblich – sofort vertraut wurden. Man kommt irgend wohin in einer fremden Gegend – und fühlt sich sofort zu Hause. Das funktioniert immer wieder, ob in Neubrandenburg, in Dubai, in Südfrankreich, Dänemark, in den Alpen; auf Mallorca, in Trier oder in Marrakesch.

Es war kalt, und zum Aufwärmen hatten wir vor der Gruppe – allein mit einer Putzfrau – in einem Wartezimmer der Dietrich-Bonhoeffer-Klinik gesessen, *N24* auf einem Fernsehschirm gesehen und mitgebrachtes Abendbrot gegessen, Tee aus unserer Thermoskanne geschlürft. Der Bereich war lange geschlossen und außer uns niemand da. Die Reinigungskraft ließ uns gewähren. Ich war – wie immer, wenn ich ein Krankenhaus betrete – froh, nicht hier liegen zu müssen und auch keiner meiner lieben Anverwandten. Irgendwie genoss ich sogar die Lage, wissend, dass ich mit diesem Freund immer wieder ungewöhnliche Situationen harmonisch durchleben kann. Die Putzfrau hat jedenfalls nicht den Sicherheitsdienst gerufen, den Klinikchef verständigt; oder falls sie es doch getan haben sollte, um ihren Job zu behalten, dann waren wir rechtzeitig weg – und bei den Gruppenleuten. Anonym.

Ich habe viel geredet, weil ich das Interesse gespürt habe. Die Botschaft weitergeben... Keiner der Jungs war so lange trocken wie ich und hatte auch nicht diese reichhaltige AA-Erfahrung, national wie international. Ich spürte: Ich darf mich gar nicht verstecken, ich muss mich zeigen – auch, wenn ich mich lieber *schamhaft* zurückhalten würde. „Dein Dich-Kleinmachen nützt der Welt nicht!" (aus: „Rückkehr zur Liebe" von Marianne Williamson; auch von Nelson Mandela verwendet, in seiner Rede 1994, als er als Präsident vereidigt wurde) Genau. Ich darf das immer wieder für mich umsetzen. Das Leben zeigt mir, wann und wie.

An der Wand im Dietrich-Bonhoeffer-Klinikum hängen zwei Bilder mit Gedanken von Ulrich Schaffer. Sinngemäß: Alles Kostbare blüht im Verborgenen – bis die Zeit reif ist, dass es sich zeigen kann. Wie bei mir! Und: Durch Aufmerksamkeit sieht man das Verborgene, aber versäume nie, dich dabei auch – und vor allem – selbst zu entdecken. Wer sich selbst erkennt, der kennt auch die anderen. Immer wieder sagen die Einsichtigen in Variationen das selbe. Die tiefsten Wahrheiten sind klar.

Es scheint, als sei ich ein wenig ausgehungert nach spirituellen Gedanken. Ich sauge sie förmlich ein, wo immer ich ihrer habhaft werden kann. Nächstes Mal muss ich mir Besseres zu lesen mitnehmen. Obwohl: Es kann auch klug sein, sich zwischendurch mal auf sich selbst zu besinnen und nur der eigenen inneren

Stimme zu lauschen anstatt auf die Ausführungen anderer Geister. Da kommen völlig neue Dinge hoch – so wie gestern am Frühstückstisch. Tja.

Eben hat mich der Gefährte leider unabsichtlich gestört, indem er aufstand, mir Kaffee nachschenkte und dabei zum Glück nur auf das Löschblatt tröpfelte. Ich hab mich so erschrocken – er auch! – dass jetzt der rote Faden weg ist, der Gedankenfluss unterbrochen.

Kaffee auf mein Tagebuch – das ist DER Alptraum für mich!! Ich gebe mir immerzu Mühe, das bloß nicht zu visualisieren, um es gar nicht erst kraft meiner Gedanken ins Leben zu rufen. „Beschrei´ es nicht, Kind!", warnte schließlich eine ganze Generation von Großmüttern ihre Enkel. Das steckt auch mir tief in den Knochen.

Mir zittern jetzt noch die Hände – und an meiner Schrift sieht man das auch – und die Stimmung zwischen ihm und mir ist getrübt. Schade. Dabei hatten wir gestern so einen einträchtigen Tag – mit Gang durch die Stadt und durch den weitläufigen Landschaftspark Broda, bis die Füße schmerzten – und wir aufatmend in die Sitze des Busses sanken beziehungsweise danach auf die Plastikschalen der Sitze im Wartezimmer des Bonhoeffer-Klinikums. Es ist so schön und manchmal so schwierig mit ihm. Vielleicht brauche ich diese Dynamik, aus Widersprüchen geboren... Ich weiß es nicht. Oft komme ich mir vor wie ein ganz *böses* Mädchen, das sich gegen einen so *lieben, guten* Mann doch nicht störrisch (zickig, ha!) zur Wehr setzen kann! Aber muss ich denn permanent *dankbar* sein? Ich *bin* es, permanent dankbar; aber ich kann oft diese aufbrausende Seite meines Wesens nicht unterdrücken. Ich könnte heulen und suche Trost draußen in der herrlichen Natur. Wieso lebe ich denn im lauten Berlin anstatt hier, wo kein Café ist unter mir – allerdings auch kein Menschenkontakt. Und keine hundertzwanzig Meetings, in denen viele meiner wirklichen Freunde sitzen.

Es ist eine rein rhetorische Frage, warum lebe ich dort und nicht hier?! Ich brauche ja beides, bis zum Beweis des Gegenteils. Gelebt wird, was dran ist. Und ein Umzug – wohin auch immer – ist heute für mich definitiv nicht dran.

Unser letzter Tag hier, für den Moment. Wie wird er verlaufen?

Manchmal wünschte ich, der Sniez wäre ein bisschen kritischer mit sich selbst.

PS um 19:00Uhr:

Das Lindetal ist schön wie das Schortetal bei Ilmenau! Wir sind hindurch gewandert, schließlich durchs Mühlenholz zum Badehaus, wo wir dem See bei Fischsuppe und Salat „Tschüß" sagten...

Wieder ein Gang, der nicht kürzer als 29,2 Kilometer war (der Sniez eine zählende App auf seinem *Spielzeug* mitlaufen lassen). Wir gehen unseren Jakobsweg in Mecklenburg-Vorpommern!!

Morgen mehr dazu. Müde bin.

Freitag, 1. November 2013 in Neubrandenburg

Ein trüber, kalter Morgen. Abreisetag.

Wie schön, dass wir gestern noch einmal durch das helle Sonnenlicht marschiert sind – nun scheint es doll zu novembern.

Ich kann Theodor Fontane verstehen. Was für ein Zauber! Welche Lieblichkeit der Landschaft. Als wir gestern durch das Lindetal wanderten, da fühlte ich mich an meine alte Heimat erinnert, siehe oben: An das Schortetal bei Ilmenau – nur ohne das Düstere, Schwere, das der Thüringer Wald für mich ausstrahlt. Hier ist alles licht und freundlich und nimmt mich in die Arme. Die Leute wünschen lächelnd „frohe Wanderschaft", sie erkennen uns als das, was wir sind. Wir sehen zünftig aus. Wir setzen unsere Schritte so sicher auf den Boden, wie wir es seit langer Zeit schon tun.

Das Restaurant an der Burg Stargard war geschlossen; aber Sniez – der Fürsorgliche – hatte natürlich wieder ein komplettes Picknick dabei; mit heißem Tee, belegten Broten, Tomaten, Knoblauch, Paprika, Joghurt und Schokoladenkeksen. Wir saßen auf dem Bordstein zu Füßen der Burganlage und stärkten uns (es hilft wirklich und hebt die Moral). Die Birnen habe ich noch vergessen, aufzuzählen. Keine Mahlzeit ohne Obst. Klar.

Die Kinder von den Rücksitzen der vorüberfahrenden Autos schauten neidisch. Ja, ich erinnere mich: Auch ich wäre damals lieber bei den fröhlichen Läufern und Rastenden draußen im Freien gewesen als eingezwängt in eine Blechbüchse, in der ein anderer meine Wege steuerte. Aber schöne Familienpicknicks gab es bei uns auch. Soviel Gerechtigkeit muss sein. Ich sehe heute noch die geöffneten Wartburg- oder Moskwitsch-

Türen, die Decken, Kaffee und Kuchen und riesige Wiesen für Spielzeug und Campingmöbel. Das lächelnde, entspannte Gesicht meiner Mutter.

Heute lebe ich ganz ohne Auto, und es geht ganz gut. Ab und zu befragen wir einander, ob eines fehle... Mit sehr viel Anstrengung könnten wir uns vielleicht eines leisten. Aber bis jetzt bleibt es dabei: Wir zahlen lieber ab und zu ein Taxi. So wie heute Mittag nach Stargard, weil die Bahn dorthin pendelt (mit Bussen). Kein Zug fährt von Neubrandenburg!! Es wird gebaut. Es liegen noch nicht einmal Schienen da im Moment. Also werden wir nachher die Strecke, die wir gestern gelaufen sind, noch einmal abfahren, *in memoriam.*

Ach, diese leise Wehmut! Ich komme wieder, da bin ich mir ziemlich sicher. Wir kommen wieder.

O3 in der Villa Marie ist für uns beide ein echter Zufluchtsort. Und Marina bin ich dankbar dafür, dass wir durch sie hergefunden haben. Obwohl sie diese Wirkung ja auch nicht selber wissen und beabsichtigen konnte. Also bin ich am Ende wie immer Gott dankbar dafür, dass ER SEINE Werkzeuge zu mir schickt – so wie auch ich *Werkzeug* für andere bin. Sicherlich oft, ohne es überhaupt zu bemerken. Besser so! Ich will mir auf nichts etwas einbilden – und mich trotzdem wertschätzen. Der Wert eines Menschen hängt nicht vom Geld ab, das ist mir schon klar. Und Sniez nickt dazu – sogar *sehr doll* nickt er dazu!

Ich werde immer alles haben, was ich brauche – und sogar ein bisschen mehr, als ich für einen Tag verbrauchen kann. Und ich werde dankbar dafür sein, so lange ich trocken bin und diesen schönen Weg weiter und weiter gehe.

Wieder steht das Fenster offen, und ich atme diese Luft.

Der Liebste denkt bereits darüber nach, wie wir es schaffen, um den 8. März herum erneut herzukommen, um den vierten Teil der Neubrandenburger Konzertnächte zu erleben: „DIE ERDE". Es müssten schon ein paar Übernachtungen sein, denn ganz ohne Wanderung geht es nicht. Dieses Stück Erde möchte ich immer wieder auch mit meinen Füßen lieben.

So nehme ich für dieses Mal Abschied und freue mich, dass wir in ein gemeinsames Zuhause fahren. Nicht auszudenken, wir müssten uns trennen. Das wollen wir nie, nie, NIE wieder leben müssen. Das hatten wir ja schon. Zur Genüge.

Wir zwei sind wirklich allerbeste Freunde. Der Platz in meinem Leben ist besetzt. So gern ich ihn auch vielen Menschen einräumen würde, es geht nicht. Hat man einen solchen Freund und Gefährten im Leben gefunden, dann ist diese Herzensstelle unteilbar, glaube ich. Natürlich strahlt so etwas aus; es soll ja auch nicht eintrocknen, versumpfen in Enge und Ödnis. Aber das selbe Vertrauen – nein, nur zum Sniezen.

PS: Überall Kürbisse! Es wird Halloween zelebriert allerorten...

Sonnabend, 2. November 2013 in Berlin

Tja, und da bin ich nun doch froh, wieder hier zu sein, an meinem Schreibtisch, in meiner Heimatstadt...

Einmal wie immer.

„Dann kommt die Putzkolonne, und alles ist prosaisch, nüchtern. Von einer Sekunde zur anderen wird aus O3, dem Literatennest, eine ganz normale Wohnung mit Fußböden, Wänden und Fusseln."

Das habe ich gestern noch notiert, am Ufer des Tollensesees, bevor ein Taxi uns einlud und zum Bahnhof des Ortes Burg Stargard brachte.

Die Putzis haben mir den Abschied leichter gemacht. Danke.

Natürlich habe ich mich noch darüber informiert, was es mit Alt Rehse und seinen seltsam gleichförmigen Fachwerkhäusern auf sich hat. Dass dies als deutsches Musterdorf im Dritten Reich geplant war; dass dort während der Jahre des Nationalsozialismus auch die „*Führerschule der deutschen Ärzteschaft*" eingerichtet worden ist. Über die historischen Details kann man sich an anderer Stelle besser kundig machen; das ist nicht die Aufgabe dieses kleinen Büchleins.

Was ist dann dessen Aufgabe?

Ehrlich gesagt, keine Ahnung. Woher soll ich denn wissen, was Sie, meine Leser, für sich darin finden? Ich habe niemals ganz verstanden, wie ich, die Literatin, eine Absicht für mir ganz unbekannte Menschen formulieren soll.

Alles, was ich heute weiß, ist, dass ich Ihnen hiermit eine Art „Making of" eines noch zu schreibenden größeren fiktiven Romans vorlegen möchte. Zunächst hatte ich nur mein „Tagebuchmaterial" sichten wollen. Als Vorarbeit für dieses Werk, das mir vorschwebte, das – wie ich fühlte – geboren werden wollte. Und dann stellte sich heraus, dass „*Verliebt in einen See*" ein eigenes Leben zu leben begann. Dass es eine eigene Existenz beanspruchen wollte. Und so lasse ich diese zu – wie könnte ich mich auch dagegen sperren?! Wer bin ich, um einen Text zu verhindern, der von selbst ins Dasein drängt! Das wäre ja wie eine Schwangerschaft willentlich zurückhalten – und das geht nicht, wie wir alle wissen.

Ich hatte mal eine ängstliche Freundin, die – mit dickstem Bauch, kurz vor ihrer Niederkunft – sagte: „Ach, vielleicht kann ich es doch noch verhindern?!"...

Sie konnte es nicht. Ihren kleinen Sohn Tim durfte ich selbst wiegen und in meinen Armen halten.

Es ist vergleichbar. Ja, die menschliche und die literarische Geburt, sie sind miteinander vergleichbar. Ich weiß ja, wovon ich da rede.

Und so entlasse ich ein weiteres Baby ins Leben, überlasse es Ihrer geschätzten Begutachtung, lieber Leser, liebe Leserin.

Möge es das Beste in Ihnen anstoßen und befördern.

Das wünscht sich

Ihre Katrin Richter im kalten Berliner Winter
in ihrer Schreibwerkstatt.

31. Januar 2014

Bisher sind von der Autorin folgende Bücher im Handel erhältlich...
(Stand Frühjahr 2014)

Haben Sie schon einmal von dieser
afrikanischen Stadt, von
Marrakesch, geträumt oder sich
gefragt, was an ihr so
legendenumwoben und
eigentümlich sein soll?
Wenn ja, dann hätte die
Antwort in jedem Fall etwas mit Ihnen
selbst zu tun, denn Marrakesch zeigt
jedem Ankömmling, der sehen will, ein
Spiegelbild. Das findet wenigstens die
Tagebuchschreiberin Katka.

Sie selbst hatte vom Zauber der Stadt gehört,
die berühmten Geschichten aus „1001 Nacht"
gelesen, Märchenfilme und Dokumentationen
gesehen; Reisende hatten ihr davon erzählt.
Die Frau, die eigentlich nicht reist, weil sie sich
wohlfühlt, wo sie wohnt, bekam plötzlich jene
unvorhersehbare Gelegenheit und hat
– wie jeden Tag – ihre Erfahrungen
aufgeschrieben.

Katrin Richter

ISBN 978-3-7322-4185-9

THE WOMAN
WHO DOESN'T
TRAVEL

Mein Marrakesch...

»The Woman Who Doesn't Travel «
Mein Marrakesch

EAN: 978-3-7322-4185-9
Books on Demand, Norderstedt 2013
Paperback, 184 Seiten, 12,90€

Es gibt kein Problem, das sie beim Spazierengehen
nicht lösen kann. Ob sie sich ärgert, verliebt ist, nicht
mehr ein noch aus weiß - die "Stadtstreicherin" zieht
ihre Wanderschuhe an, streift ihren olivgrünen Parka
über und natürlich einen Kuschelschal.
Dann bricht sie auf, geht zu Fuß durch Berliner
Großstadtkieze, schaut auf Menschen, Tiere,
Zeitgeister und in ihre eigene Seele.

Wenn Sie mehr erfahren wollen über das "Zitzeln",
das "Muddeln"; was einen Loslass-Spaziergang
von einem Brot-Spaziergang oder gar einem
Spaziergang interruptus unterscheidet, dann finden
Sie Antwort und Inspiration in diesen Texten
und Gedichten.

Katrin Panier-Richter

ISBN 978-3-8370-4066-1

STADTSTREICHERIN

Spazierbilder

»Stadtstreicherin. Spazierbilder«

EAN: 978-3-8370-4066-1
Books on Demand, Norderstedt 2008
Paperback, 144 Seiten, 10,00€

Das Leben schreibt täglich die
besten Geschichten. So sagt man.
Aber: Haben Sie das Leben
schon mal schreiben sehen?

Die Stadtstreicherin hat beim Gehen Herz,
Ohren und Augen offen gehalten. Hat sich vom
Leben seine Geschichten diktieren lassen und
diese wieder für Sie aufgeschrieben.
Lesen Sie eine Auswahl davon, bereichert um
Gedichte aus der eigenen Feder und der eines
lyrischen Nachwuchstalents.

Freuen Sie sich auf »Das Verleger Casting«,
den »Baumschrecken«, oder auch den
»Magdalenengesang«, und
»Begonnen der Angriff der Liebesgrüße hat«...

Katrin Richter

mit Gedichten von Jan Panier

ISBN 978-3-8482-2609-2

STADT**S**TREICHERIN II
Neue Spazierbilder

»Stadtstreicherin II. Neue Spazierbilder«

EAN: 978-3-8482-2609-2
Books on Demand, Norderstedt 2012
Paperback, 156 Seiten, 11,90€

Allein verreisen
ist wie ins Kloster gehen.
Das hört ClaraKatrin von ihrer Freundin,
die sie um Rat gefragt hatte:
„Soll ich oder soll ich nicht?"
Ja, sie soll, und sie tut es auch.
Okay, die Schweiz, Ascona, der Lago
Maggiore, das ist zwar nicht Tansania,
Indien oder der bolivianische Dschungel,
aber darauf kommt es ihr nicht an.

Die eigene Seele auf fremder,
ungewohnter Leinwand betrachten.
Innehalten, das eigene Gebiet erweitern
und herausfinden, was wirklich trägt im
Leben — dafür macht sich die Heldin
dieses Büchleins auf und kehrt verändert
wieder nach Hause zurück.

Der Mutsprung hat sich gelohnt.

ISBN 978-3-8370-7347-8

Katrin Panier-Richter

MUTSPRINGERIN

Reisebilder

»Mutspringerin. Reisebilder«

EAN: 978-3-8370-7347-8
Books on Demand, Norderstedt 2008
Paperback, 168 Seiten, 10,00€

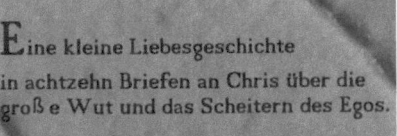

Eine kleine Liebesgeschichte
in achtzehn Briefen an Chris über die
groß e Wut und das Scheitern des Egos.

Die Gedanken einer Putzfrau, die für
sich erkennt, daß man im Leben auch
Widerstand leisten muß -aber nicht
gegen die Dinge, die einem zum Wohle
geschehen.

„Ein Autor schreibt nicht,
    um den Menschen etwas Neues zu erzählen,
sondern vielmehr,
    um sie an etwas zu erinnern.“

an

ISBN 978-3-8370-9684-2

Katrin Panier-Richter

BRIEFSCHREIBERIN

Gedankenbilder

»Briefschreiberin. Gedankenbilder«

EAN: 978-3-8370-9684-2
Books on Demand, Norderstedt 2009
Paperback, 152 Seiten, 10,00€

Die Ehe von Matilde und Gabriel ist
eigentlich am Ende.
Nur, weil sie lange verabredet gewesen war,
unternehmen die beiden noch eine letzte
gemeinsame Reise nach Dubai, um Matildes
runden Geburtstag dort zu feiern.
Im Flugzeug kommt ihnen eine Idee:
Jede Nacht wird eine Geschichte erzählt werden,
ganz nach dem Vorbild
der Prinzessin Scheherezade im Märchen.
Am Ende dieser sieben und einen Nächte
wird sich das Paar entscheiden, ob es sich
trennt oder zusammen bleibt ...

ISBN 978-3-8423-4775-5

Katrin Richter

Sieben
und
eine
Nacht

Eine Liebe in Dubai

Roman

»Sieben und eine Nacht«
Eine Liebe in Dubai

EAN: 978-3-8423-4775-5
Books on Demand, Norderstedt 2011
Paperback, 304 Seiten, 19,90€

Ein Liebespaar muss sich
unfreiwillig trennen.
Er reist dienstlich für Wochen
nach Dubai.
Sie bleibt zu Hause und schreibt.
Eine Hierbleibegeschichte in
Tagebuchform, die der
Frage nachgeht:
Wer unternimmt eigentlich
die weitere Reise -
der, der in ferne Länder fliegt,
oder
die, die zu Hause bleibt und
in der eigenen Seele forscht...?

ISBN 978-3-8423-2681-1

Katrin Richter

Ich war NiCHT iN DUBAi

Ein Hierbleibebuch

»Ich war nicht in Dubai«
Ein Hierbleibebuch

EAN: 978-3-8423-2681-1
Books on Demand, Norderstedt 2010
Paperback, 133 Seiten, 10,00€

Spuren der Verwandlung

Ein Baum– und Menschentagebuch

Katrin Richter

Ralf Richter

Ein Jahr im Leben eines Baumes und eines Menschen.
Sie sind zwei Teile ein und derselben Natur.

Der eine ist, was er ist...

...und der andere auch!

EINZEL-
VERKAUFS-
PREIS:
16,90 €

ISBN 978-3-8391-6351-1

»Spuren der Verwandlung«
Ein Baum– und Menschentagebuch

EAN: 978-3-8391-6351-1
Books on Demand, Norderstedt 2010
Paperback, 244 Seiten, 16,90€

Mitten in der globalen Wirtschaftskrise eröffnet ein kleines, mutiges Café und verwandelt eine Berliner Seitenstraße in ein romantisches Pariser Gäßchen.
„So etwas hat hier gefehlt." sagen alle und kommen in Scharen auf ihren neuen „Dorfplatz".
Rund um jenes Café versammeln sich lauter „Unrasierte Seelen".

Lernen Sie beim Lesen bitte kennen:

Hilde und Frida, zwei seelenverwandte Frauen, wie sie einander auch vor hundert Jahren hätten begegnen können.
Die Soßenprinzessin,
das seitenverkehrte Ehepaar,
den nicht ganz Anonymen Alkoholiker,
Helena mit dem Zopf auf dem Kopf,
Ismail und Lisbeth, die von der Liebe gefunden werden, als sie sie am wenigsten erwarten,
den Widerstandskämpfer
und noch viele andere mehr.

Auf das überraschende Ende wären Sie nie im Leben gekommen, verspricht Ihnen Ihre Autorin Katrin Panier-Richter.

ISBN 978-3-8391-2824-4   9

Version mit großen
Buchstaben:

»Unrasierte Seele.
Kaffeehausroman«

EAN: 978-3-8391-3404-7
Books on Demand
Norderstedt, 2009,
Paperback,
372 Seiten, 23,90€

Unrasierte Seele

Kaffeehausroman
von Katrin Panier-Richter

»Unrasierte Seele. Kaffeehausroman«

EAN: 978-3-8391-2824-4
Books on Demand, Norderstedt 2009
Paperback, 236 Seiten, 16,90€

»Das klappt nie!«, hatte die Autorin gedacht – und wurde eines Besseren belehrt. Diejenigen, zu denen wir uns auf die Couch legen, wenn sonst nichts mehr hilft, nahmen für Stunden auf dem dunkelbraunen Ledersofa am Kamin von Katrin Panier-Richter Platz. 18 Psychologen, Psychotherapeuten, Analytikerinnen zwischen 26 und 65 Jahren sprachen einmal nur von sich: Was sie ursprünglich dazu gebracht hat, Anderen Tag für Tag zuzuhören, von der aufwühlenden ersten Zeit, vom Zerbrechen und Neuformen ihrer Ideale; von dem, was ihr heute so notwendig gewordener Beruf mit ihnen selbst anstellt. Sie sind keine Götter, sondern Menschen wie du und ich, die nichts so sehr überraschen kann wie das Leben selbst. Jeder neue Klient, jeder lebendige Familienverband ist eine Herausforderung, wirft bislang fest gefügte Theorien über den Haufen.

Für sie, die Therapeuten, war es eine besondere Art der Selbsterfahrung, sich einer Literatin anzuvertrauen, die kein »Fachchinesisch« gelten lässt. Für Katrin Panier-Richter war es wie ein Blick in den Spiegel. Darum versteckt sie sich nicht hinter ihren Gesprächspartnern, sondern lässt zwischen den Erzählungen ihren eigenen Gedanken und Gefühlen freien Lauf.

ISBN 978-3-8334-8306-6

Therapeutengeschichten

Katrin Panier-Richter

Mit einem Bein auf der Couch

»Mit einem Bein auf der Couch.«
Therapeutengeschichten

EAN: 978-3-8334-8306-6
Books on Demand, Norderstedt 2007
        Paperback, 244 Seiten, 16,90€

„Die Welt war ganz eindeutig nicht so, wie ich sie gern gehabt hätte. Nicht so harmonisch, nicht so friedlich, nicht so liebevoll. Zuerst wollte ich mich damit nicht abfinden, es nicht aushalten, nicht ansehen. Zuletzt hatte ich keine Wünsche mehr, außer dem einen: Ich möchte leben, nicht sterben. Andere Bedingungen stellte ich nicht mehr. Nicht länger dieses: Laß mich reich werden, laß mich im Rampenlicht stehen; ich will berühmt, geachtet, verliebt, verlobt, verheiratet sein.
Alles schrumpfte zusammen auf den einen, aber wesentlichen Punkt: leben, noch nicht sterben.“

(Clara F.)

Ein Mädchen, Jahrgang 1961, wird arglos hineingeboren in die DDR und versucht, sich darin einzurichten. Ihr Ehrgeiz läßt sie alles ausprobieren, was die Gesellschaft an weiblicher Gleichberechtigung verspricht: Abitur, Studium, Hochzeit, zwei Kinder, ein Streßberuf. Alles scheint gutzugehen. Das innere Unbehagen beachtet sie nicht weiter. Dem wachsenden Druck, der immer deutlicher werdenden Schieflage in der Gesellschaft begegnet sie, indem sie „ihre" Krankheit entwickelt, den Alkoholismus. Zur Wendezeit verliert sie auf der ganzen Linie den Boden unter den Füßen: Die Ideologie erweist sich als untauglich, einen religiösen Glauben hat sie nicht. Das Land zerbröckelt, die Ehelüge läßt sich nicht mehr aufrechterhalten, sie hängt endgültig an der Flasche.

Trotzdem steht am Ende Hoffnung ...

Clara Felder

Das schwächste Glied

Eine Geschichte aus dem Leben

»Das schwächste Glied.«
Eine Geschichte aus dem Leben

EAN: 978-3-3001747-1
Books on Demand, Norderstedt 2003
Paperback, 192 Seiten, 12,40€

Junge Männer und Frauen zwischen 15 und 20 Jahren aus ganz Deutschland kommen hier zu Wort. Sie hätten nicht mitgemacht bei »wieder so einem Buch, in dem Erwachsenen erklärt werden soll, wie sie mit Jugendlichen besser klarkommen«. Und so dürfen sie nun reden, wie sie zu Gleichaltrigen reden würden. Über das erste Mal, das nur ganz selten wirklich schön ist. Über die Eltern, mit denen sie in einem schwierigen Gefühls-Mix aus Frust, Zuneigung und Abhängigkeit zusammenleben. Über die Schule, die Lehre, das Coming-out, das Jahr im Ausland, Drogen und Magersucht. Über die wilden Sofa-Sekt-Parties unter Freundinnen ebenso wie über die eine einzige, große und wahre Liebe, an der sie sich gern festhalten würden in diesen unsicheren Zeiten. Wenn sie sich über Ereignisse äußern, die beeinflussen, den 11. September, den Amoklauf von Erfurt, die große Flut und die Konflikte mit Amerika, dann tun sie das politisch unkorrekt und voller Leidenschaft. »Es ist doch alles ganz einfach. Warum machen die Menschen es so kompliziert?«, fragt Julia aus Bielefeld. Manche Geschichten sind wie ein Blick in den Spiegel.

Sie haben sich im Internet-Chat getroffen, Melli und Frank, sie 16, er 18. Per Mail flirten, das heißt: Man kann sich schöner, interessanter und verführerischer beschreiben als man ist. Aber dann kommt die Stunde der Wahrheit: die erste Begegnung am Bahnhof in Ulm. Wird es »klick« machen?

»Sex gehört dazu«, wenn man erwachsen wird, versichert Kathrin aus München. Zeitschriften, Bücher und Aufklärung in der Schule helfen nicht wirklich. »Man muss halt üben und riskieren, Fehler zu machen« sagt Matthias, 18, aus Guben.

Die Autorin: Katrin
Handwerk als Rep
beim Jugendradio
sie frei, für verschie
Berlin und Brandenb
Stahl« wurde sie 1
ausgezeichnet. Zwe
MDR-Fernsehen. In
serische Optimistin
plaren zusammen.

»Sex gehört dazu.«
Geschichten vom Erwachsenwerden

EAN: 978-3-8960-2428-2
Schwarzkopf & Schwarzkopf, Berlin 2003
Paperback, 528 Seiten, 14,90€

Jugendliche aus anderen Ländern – türkische, jugoslawische, russische, indische, vietnamesische – gehören zu unserem Alltag in Deutschland. Aber was wissen wir wirklich über sie? Wie sie sich fühlen, wovor sie Angst haben; wie sie klarkommen mit ihren eigenen kulturellen Wurzeln, über denen inzwischen »ein ganz neuer Baum gewachsen ist, der hierher gehört, nach Deutschland«, wie Slavko aus Kroatien das ausdrückt. Aus neunzehn verschiedenen Nationen kommen die 14- bis 21-Jährigen in diesem Buch, die Katrin Panier in mehreren deutschen Bundesländern besucht hat. Erwarten Sie keine der üblichen politischen Schlagworte. Wenn junge Leute über Glauben, Politik, Lust und Frust reden, dann wollen sie keiner Lobby damit gefallen. Hier sind ehrliche Aussagen versammelt; zum Beispiel darüber, warum Ausländer ihre Liebespartner doch lieber unter Ausländern suchen, wie junge Afrikaner es schaffen, nachts furchtlos und selbstbewusst durch den Stadtpark zu gehen, was einem türkischen Mädchen ihr Kopftuch bedeutet und was genau die Rumba mit den russischen Märchen zu tun hat.

Katrin Panier ist
sehen und Printr
liner Altbaugege
mischen. So ka
lichen Ausländer
Deutschland le
Schwarzkopf & S
vom Erwachsen

Katrin Panier

Zu Hause ist, wo ich verliebt bin

Ausländische Jugendliche in Deutschland erzählen

Schwarzkopf & Schwarzkopf

»Zu Hause ist, wo ich verliebt bin.«
Ausländische Jugendliche in Deutschland erzählen
EAN: 978-3-8960-2486-2
Schwarzkopf & Schwarzkopf, Berlin 2004
Paperback, 400 Seiten, 9,90€

Ein junges Mädchen fragt seine Mutter: »Wie kann es eigentlich sein, dass hier und heute, in einem so abgesicherten Land, Menschen ohne Wohnung leben?« Zufällig ist diese Mutter Autorin und macht sich für die folgenden zwölf Monate an die Arbeit, ihrer Tochter diese Frage zu beantworten. Ohne zu schulmeistern, zu romantisieren und nicht auf die falsche Mitleidstour. Einfach, indem sie die verschiedensten Geschichten sammelt, von Männern, Frauen, Jugendlichen, die freiwillig oder unfreiwillig ohne ihre »dritte Haut« – ein Haus, eine feste Wohnung – leben oder um ein Haar auf der Straße gelandet wären. Ehrlich geben sie Auskunft über das Warum.

Genauso wie die Autorin selbst, die in tagebuchartigen Zwischentexten auch von sich erzählt, aus ihrem Leben während dieses Jahres, von Gedanken, Gefühlen, Erlebnissen, die sich nun wie ein roter Faden durch die Geschichten ziehen. Ein Buch über Lebenskünstler, Aus-, Um- und Wiedereinsteiger. Ein Buch über Grenzen, die verschwimmen. Über das ganz normale, verrückte Leben.

Katrin Panier

Die dritte Haut

Geschichten von Wohnungslosigkeit
in Deutschland

www.s(

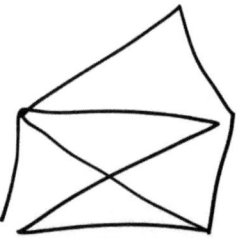

Eine Künstlerin lebt in einem Bauwagen. Ein Kapitän auf seinem Schiff. Der selbständige KfZ-Mechaniker zog in seine Werkstatt, ein ehemaliger Traktorist ganz und gar in den Wald. Ohne Wohnung – warum auch immer – leben heute nicht mehr nur klassische Rauschebärte mit Wärmflasche im Arm, sondern auch Maler, Musiker, Ärzte, Geschäftsleute und Jugendliche aus eigentlich wohlsituierten Elternhäusern. Ein bunter Querschnitt der Gesellschaft. Es gibt keine Randgruppen.

SCHWARZKOPF & SCHWARZKOPF

»Die dritte Haut«
Geschichten von Wohnungslosigkeit in Deutschland

EAN: 978-3-8960-2711-5
Schwarzkopf & Schwarzkopf, Berlin 2006
Paperback, 320 Seiten, 9,90€

Sie tragen weder gestreifte Häftlingskleidung noch dunkelgraue Overalls. Die inhaftierten Frauen zwischen 17 und 53 in diesem Buch sehen so normal aus wie die Beamtinnen, die sie betreuen: T-Shirt, Strickjacke, Jeans. Wenn sie sich vor den Fernseher setzen, um TV-Serien über den Frauenknast zu schauen, dann nur, um sich zu amüsieren. Sie finden es albern, unwirklich und fern von sich selbst, was da gezeigt wird.

Teils resigniert, teils voller Hoffnung berichten sie aus ihrem Leben, froh, dass mal jemand kommt, der nicht nur die Klischees abfragt. Auch drei Bedienstete in einer JVA geben Auskunft. Ein anderer Blick auf den Gefängnisalltag, der das Bild erst abrundet. »Die Frauen berühren mit ihren Geschichten meine eigene Geschichte«, sagt ein Gefängnispfarrer. »Sie sind ja keine Monster oder von Natur aus böse, sondern gebrochene Menschen, die eine Chance verdient haben.«

Fast jede Frau, die einsitzt, hat Gewalt in ihrem Leben kennen gelernt, als geschlagenes Kind, verprügelte Ehefrau, als Prostituierte oder Mitglied einer Hehlerbande. Sie sind Opfer und Täter zugleich. Das soll nichts entschuldigen, kann aber vielleicht helfen zu verstehen.

Katrin Panier arbeitet a
denburg. Die gebürtig
radio DT 64 gelernt. S
Printmedien tätig, hat
MDR-Fernsehen mo
im Stahl« 1996 den F
men. Das Bücherso
Schwarzkopf Verlag
ten vom Erwachsenv
dische Jugendliche i
milie in Berlin-Treptov

Katrin Panier

Die schlimmsten Gitter sitzen innen

Geschichten aus dem Frauenknast

»Die schlimmsten Gitter sitzen innen.«
Geschichten aus dem Frauenknast

EAN: 978-3-8960-2612-5
Schwarzkopf & Schwarzkopf, Berlin 2004
Paperback, 320 Seiten, 9,90€

Hinweise zum Vertrieb:

Sie können die vorgenannten (gedruckten) Bücher
in Ihrer Buchhandlung oder im Internet bestellen
(z.B. www.libri.de oder www.amazon.de),
gern auch – und auf Wunsch signiert – in der
Buchhandlung unseres Vertrauens,
dem »Büchereck Baume«:

»Büchereck«,
Baumschulenstraße 11 / Eingang Behringstraße
D-12437 Berlin
Telefon: +49 (0) 30 53216132
Internet: http://www.buechereck-baume.de

Die meisten Titel sind bei den verschiedenen
Anbietern in digitaler Version (als e-Book) zu
erwerben, bitte fragen Sie im Zweifel bei
Ihrem bevorzugten Anbieter nach.

Als JournalistIn können Sie alle bei
»Books on Demand« verlegten Titel kostenfrei als
Rezensionsexemplar bestellen.

(http://www.bod.de)

Für Rezensionsexemplare von Titeln, die bei
»Schwarzkopf & Schwarzkopf, Berlin« verlegt
wurden, wenden Sie sich bitte an die dortige
Presseabteilung.

(http://www.schwarzkopf-verlag.de)

Alle weiterführenden Informationen finden Sie
auch unter www.bod.de.

(http://www.bod.de/autoren.html)